张建华 主编

条河的爱经

中国青年出版社

图书在版编目（CIP）数据

　　一条河的爱经 / 张建华主编 . -- 北京 : 中国青年
出版社 , 2025. 7. -- ISBN 978-7-5153-7880-0

　　Ⅰ . I227.2

　　中国国家版本馆 CIP 数据核字第 20257F8N32 号

一条河的爱经

张建华　主编

责任编辑：岳　虹

特约编辑：李昌鹏　张睿仪

封面设计：吴梦涵

出版发行：中国青年出版社

社　　址：北京市东城区东四十二条21号

网　　址：www.cyp.com.cn

编辑中心：010-57350401

营销中心：010-57350370

经　　销：新华书店

印　　刷：三河市华东印刷有限公司

规　　格：880mm×1230mm　1/16

印　　张：12.75

字　　数：130千字

版　　次：2025年7月北京第1版

印　　次：2025年7月北京第1次印刷

定　　价：58.00元

本图书如有印装质量问题，请凭购书发票与质检部联系调换。联系电话：010-57350337

目录

第一届

"月河·月老杯"爱情诗大赛

想你了（组诗）

敕勒川

想你了

亲，想你了，在这寂静的午夜
嘀嗒嘀嗒的钟声，是我想你的步伐
满天的星斗，是我想你的样子

亲，说不出我有多想你，只能说
没有我的想念衬托着天空，那天空
就真的有些空了

也说不出我想你时的疼，仿佛
我这么疼你，只是为了让这个世界
加倍地疼我

如果说相思真的是一场病，那你和我
加起来才是一服药，苦是肯定的，忧伤

也是肯定的

至于那针尖上的一滴欢乐，我一直
没敢说出，我怕一说出
就被这个世界抢走

想你了，亲，如果我不想你
你怎么能找到
回家的大路……

真的想你了

亲，真的想你了，想你的眼睛，想你
眼睛里的雨水和阳光，想你
忽闪忽闪的心跳

真的想你了，想你挺立的鼻子，鼻子下
轮廓分明的嘴唇，嘴唇上
隐隐的绒毛

真的想你了，亲，想你朝霞般的灿烂，想你

衣襟鼓满风的帆
把我一遍遍带到海角天涯

亲，想你了，真的想你了，想你
嘴里的蜜，舌尖上
苦苦的缠绵

真的是想你了，从一根青丝
想到雪白的脚尖，从一缕淡淡的微笑
想到你眼角游动的鱼尾纹……

……其实，也说不清想你什么地方
就是想你了，我怕我一不想你，你就会
在这个世界上消失

又想你了

前一分钟刚刚想过你，后一分钟
就又想你了，仿佛一眼泉水，想你的念头
止不住地汩汩往外冒，连大地
也没办法抑制……

甚至舍不得一分钟一分钟地想你，而是
一秒钟一秒钟地想你……这样，我一分钟就可以

想你六十次，一小时可以想你三千六百次，一天
就可以想你八万六千四百次……

就这样，一次一次想你，一次一次
把自己送上道路的尽头，一棵草是短亭，一棵树
是长亭，一只鸟的鸣唱，是断肠人
反复咀嚼的心碎……

又想你了，亲，且让我把这生涩的时光
一遍遍想熟，把你一遍遍
安顿在我的心上：想你是因为爱
又想你了，是因为疼……

在列车上想你

在列车上想你，用
每小时一百五十公里的速度想你，用
飞跑的树木、村庄和田地想你……

在列车上想你，用
呼呼的风声想你，用
哐当哐当的心跳想你……

在列车上想你，用

一条大河的源远流长和一座大山的高耸挺立想你，用
祖国九百六十万平方公里的波澜壮阔想你……

在列车上想你，想着想着，我就成了
再也无法停下的车轮，哐当，哐当，每一声
都是一次筋疲力尽的思，绝处逢生的想

不能不想你

不能不想你，就像我不能不吃饭不喝水
你是我的渴，也是我的水
你是我的饿，也是我的饭

不能不想你，就像我不能不睡觉不工作
你是我的睡眠，也是我的美梦
你是我的工作，也是我的休息

不能不想你，你是我的白天，也是我的黑夜
白天我像太阳一样想你
夜晚我像一盏灯一样想你

不能不想你，就像我不能不一次次面对
这个喜忧参半的世界：喜，是因为活着
忧，是因为，我为你活着……

不能不想你啊，不能不把自己想得
像一场梦，醒与不醒
你都是我的黎明

因为想你

亲，亲爱，亲爱的……因为想你
我把一个字变成两个，把两个字
变成三个……这是多么美好的一件事啊
让一个孤单的字，依靠着另一个字，甚至
让一个字生儿育女，成为幸福的一家三口……

亲，亲爱，亲爱的……因为想你
我把世界上这些最美好的字和词，一再地
集合起来，我让它们翻山越岭，风尘仆仆
不分白天黑夜地奔向你……哦，让它们
成为一个人永恒的日出……

因为想你，我已经忘了自己是谁，只知道自己
是一个想你的人，这就像一支蜡烛
忘了自己是一支蜡烛，而只剩下燃烧
和温暖的泪水……

亲，亲爱，亲爱的……因为想你
这个喧嚣的世界，才有了片刻的宁静
我一颗历尽沧桑的心，才有了
如此的清澈与柔软，仍然怀着古老的
美和善，情和义……

亲，亲爱，亲爱的……因为想你
我一再地原谅了这个世界，原谅了它的
喧嚣，虚伪，艰难……亲爱的，因为想你啊
我愿意成为大地上那一块最安静的石头
固执，木讷，决绝，不动声色地撕心裂肺……

就这么一直想下去……

亲，我什么也不说了，就这么
顺着时光
一直想下去……

不是我没说的，只是我觉得，再说
我就要把自己的心
说破了

就让我成为那永远沉默的大地，繁华
是为你的，苍凉

也是为你的

不论你绿了，红了，还是
开花了，结果了，你都会
落在我怀里

亲，就让我这么一直想下去吧
把爱想成至爱
把瞬间想成永恒……

想你的结果

亲，我不知道想你的结果是什么，难道
我会比时间更耐心，更坚韧
更有信心

唯一可以肯定的是，我是一座
被你上足了发条的钟表，想你
是我唯一的出路

用时针，大步大步地想你
用分针，小心翼翼地想你
用秒针，怵怵地想你……

亲，有时候我想急了，就用左手
狠劲地握住右手，仿佛握住一根
救命的稻草

是的，我的命早已是你的了
我想你，只是为了把自己的命
一点点还给你

疼是我大睁着的眼睛
痛是我停不下的心跳
而幸福，是疼和痛凝成的那一滴针尖……

亲，想你的结果就是
我更想你了：一遍遍，我把自己撕碎
又一遍遍，把自己拼成想你的样子

现在，我只能想你的灵魂

美丽的脸庞，忧伤的黑发，白皙的
皮肤……甚至你肆无忌惮的起伏，我都
——想过了

现在，我只能想你的灵魂，作为一个男人
我给你身体和爱，作为一个人

我给你，我的灵魂……

至此，我能给你的都给你了
肉体给你了，灵魂给你了
这个世界给你了

你看到的一切，都是我画出的
你听到的一切，都是我说出的
你感觉到的一切，都是我发出的

可是，亲爱的，透过这个喧嚣的尘世
我怎么才能让你相信——
我们的灵魂，本是一个

像那万事万物所具有的
孤独是一样的
挣扎也是一样的

仿佛一粒尘埃，落在另一粒尘埃上
它不知道，它
落在了自己身上……

最后，就让我在月河想你吧

最后，就让我在月河想你吧，作为思念的
最后一站，不是我不再想你了，而是
我要让我的思念重新集结，整顿，然后再次出发

从一粒针尖般的水滴出发，从一朵
绽放的涟漪出发，我要让我的思念
像一条河一样，浩浩荡荡地涌向你……

甚至，用一条河来思念你都不够，我还得动用
那些古老的房屋、玲珑的小桥、斑驳的街巷
和一条梦幻般的小船……

哦，无论时光怎样变幻，它们都一直
保持着
我想你的样子

其实，在一千七百年前，我就在月河
想你了，一千七百后，我依然
会在这里想你

只有在月河，我今生的思念
才会通向你的前世与来生，只有在月河
我的思念，才是爱情最动人的样子

不用说，你也知道的，在月河
我的思念，是一种
绝版的思念

就像月河一样，不论你来不来
都为你保持着这世上
绝版的美

只有在月河，那个叫月老的人
才会成为一个
最可爱的神

只有在月河，我的思念才会绵长到大海
只有在月河，我的思念啊，才是这世上
最美的思念……

我在月河边爱你（组诗）

纯　子

在月河边

我知道
拥有了整条月河的水，就拥有了
爱情中的弱水三千
但我的要求并不高，我只要求
一瓢饮，足矣

就像这人间，广厦千万间
我不需要有一宅纳天下，我只要
一间斗室
能避风雨，足矣

我也不需有裘衣过市，或锦衣夜行
我只需一件合体的衣服
挡世间寒冷，足矣

在月河边，我只要一个明亮的
爱人，能执子之手
与之偕老，足矣

我们临河而居，用清澈的河水
洗衣、净手、沐浴
用奔腾的河水
浇灌我们一生的爱情

在月河边，我的幸福
不需用斗量，更不需用船载
我的幸福，只要拥有人类爱情河
弱水三千中的一瓢
足矣

月河边

低头的那一瞬，你和我一样
一定能在波光粼粼的水面上，瞥到我们的
前世，瞥到前世里

我们的面容，带着几分
动人的姿色

那时候，你还不是你
你或许是忠贞的白素贞，我也不是我
我或许是偷偷下凡的七仙女
她更不是她
她或许是痴情的祝英台

那时候，我们还不是我们
我们或许是妖
或许是仙，或许就是寻常女子
但都急急来到这人间
只为渡过这月河，赴一场爱情的
千年之约

感谢一条河

感谢它从我们的心上流过，不分昼夜
它有名字，或者无名字
都不重要。感谢它在浇灌着爱情的
同时，也浇灌了
两岸的良田，让庄稼长势喜人
农民仿佛又看到了丰收的秋天

感谢它有一个纯净的源头，这应该可以
称为爱情的发源地，它让人间
所有的爱情，都可以冲破世俗的偏见
和跨越时空的距离

感谢它日夜流淌
永不停歇，仿佛人类的情感
经久不绝

我们总以为人生枯燥，苦行僧般
在人间行走，却不想
还有爱让我们滋润，却不想还有一条
爱情河，日夜在我们的心上
流过，日夜在我们的心上
发出潺潺的迷人声响

我在月河边爱你

如果我能用整条月河的水爱你，就绝对
不会用水中月爱你
也绝对不会用镜中花爱你
我要让你觉得，我是实实在在的爱你
而不是爱的虚幻

如果我能用今天爱你，就绝不会用
昨天来爱你
更不会用明天爱你
昨天已逝，而明天遥远
我要给你一个真真实实的今天
你伸手
就能拥到温暖的我

如果我能在今生爱你，就绝不会
等到来世再爱你
我从前世奔来，一路跋山涉水
经过多少颠簸，经过多少陌生的人群
才赶到今世，我知道今生
倘若再错过你，一错
又是一生

所以，我要在今生
在月河边，固执而持久地爱你
哪怕岁月对我下了驱逐令
哪怕
生命对我打了烊

月亮之下，河水之上（组诗）

凹 凸

序诗

是什么在前方，招引着我的心
——月河，仿佛在动用所有的月光、流水在喊我
喊我
像每一片月光，每一滴水，每一块砖瓦
以及流动的风，幸福地像寥落的爱情之音
尽情绽放

月河，月河

从月河开始，我不断
添加砖瓦，添加柴米油盐
行到水穷处
我生一缕炊烟

把水调到歌头，把情调到弦上

在月河，爱情可以如此
触景生情
爱奴役着爱，代代相传
水与水相互繁衍，生息
一条河的长度在我心中
一生就是月河这湾水，一点一滴
汇成爱聚成情

在月河
看着两岸的人间烟火，我深情地
停下来
去爱，去爱一个月河的女子
我们牵着手
穿行于茫茫人海

因为爱情

将心一分为二
一半给月亮，一半给河水
也许风吹月光，薄薄含着的唇是捂不住的
也许河水即逝，我卸下多愁善感
一半给我，一半予你

也许爱情来得太慢，我会紧张焦躁不安
我会在月河踮起脚尖——相约而来

爱情：从月河第一步起

因为爱情，一切都在我的眼底
从月河第一步起

一个月亮，一条河流
月
河
在爱的烟雨里，在情的燃烧中
我看见一滴水
沉默不语
但内心藏着一颗滚烫的心

爱上月河，爱上你的清纯、平缓
爱上河边的青砖黛瓦，爱上小桥流水人家
青石路上，悄悄躁动的心思
仿佛爱人就在我温暖的心怀

爱上月河，我钟情这流水
像月色和砖瓦那样静
缓缓地，一个人的心跳被月亮的手指

小心地拨弄

爱上月河，我要把我的爱喊出
从二十四桥到月河的小街石巷
从一滴月河之水饱满的爱情传奇
从一条河到山盟海誓、卿卿我我
我甚至还要喊出暗藏的羞涩，喊出
只因为爱，我情不自禁

情定月河

必须到月河，才能遇见你
你不是千金小姐，不是名门闺秀
是那摇船女
那一桨，你轻轻一碰
万念在爱里，我在情中

因为爱，所以爱

不谈风月，不谈船桨
此刻，席地而坐
仿佛一条河的水都在喊我，喊我去月河爱一个人
我们以月色买醉，以月河为美

谈房子、孩子，谈柴米油盐
在青砖黛瓦的浓墨大作中
我们在一张宣纸上，以梦为马，以月河为伴
时光的竖琴里，我们的爱在月色里变浓变深
在京杭大运河、外月河、里月河
中基路、坛弄、秀水兜街里
我们不谈文言文，不谈唐诗宋词，不谈历史风云
我点一支香烟，慢慢欣赏月色下的河水　宁静致远
你煮一壶清茶，不停地呢喃月河的月光　无比动人
我想

娘
子
在月河，我们要想的远方和梦想
会像那远天的月光一样，幸福下去

尾诗

月亮之下，端坐一个人的爱情
河水缓慢，我愿缓慢到与她耳鬓厮磨
长相厮守
河水之上，端坐着蓝天与白云
如果愿意，我就是那月河的一滴水
不投胎，不转世

第二届

"月河·月老杯"爱情诗大赛

月河之恋（组诗）

哑者无言

情生

在月河码头，乌篷船卸下一个书生的书箱
和他的风尘仆仆
环佩叮当的大小姐带着丫鬟，在月河桥
将自己站成一株临风的玉兰，打探
梦中遗落的文曲星
此时，我就是那个无意间从京杭大运河
拐进月河的书生，就是那个一抬头
就将你读成玉兰的人

你站在桥上，双眸闪动
那春水满盈的美目啊
打乱了艄公桨橹的节奏，点燃了我
埋藏了多年的爱情引线
在狭弄深处，你款款消失的背影

拉长了我送行眼里的
怅然若失

月河的微波里摇晃着漫漫长夜
在月河客栈，一枚清冷的月亮推开临河的窗
窥探一个书生的辗转反侧
而黎明还那么遥远，中药铺传来淡淡的药香
但是没有一剂药可以治疗我
刚刚患上的相思

情缘

再见到你是在中基街，此时夜幕微合
你像一头外出觅水的小鹿
夜色藏不住你眼中的忐忑和兴奋
这多么好！你微微颔首的优雅像一枚钉子
钉住了我的脚步，阻止了一次
转瞬即逝的擦肩而过

那么多的人，来来往往，拥挤、喧哗
也没能隔断我们相互碰撞的目光

像一根火柴点亮黑暗中的蜡烛。这稍一接触
就绞缠在一起的两对眸子
慌乱，激动，黏稠，又那么清澈
像月河里粼粼的波光，拨开夜晚的混沌

被丫鬟簇拥而去的你没有忘记
回眸一笑。这一笑，让夜色旖旎
这一笑，让月河的空气也饱含着花香
这一笑，笑出了清风明月，也喂肥了我
孱弱半生的胆量

情起

摊开文房四宝，在月河客栈临河的窗口
我对着一汪清水，饱蘸思念写下
对你铺天盖地的仰慕
可粗糙的牛皮纸盛不下我胸中的万亩玫瑰
那就把它折成一只小船吧
托路过的鸳鸯做月老，将它放进
月河流水的清澈里，牵一缕红线
给你

这江南府城，白墙黛瓦的月河水乡之夜
只有一圈一圈的涟漪荡漾着

我的忐忑不安
我在等。等着你在月河桥
无意间将这份思念拾起
直到东方露白，直到曦光铺满月河
摇醒我疲惫的眼
我一直等着，我等着你用惊异的眼神
平息我心中的万丈波澜

情定

那个在月河桥上频频顾盼的大小姐
你出自哪一门深宅大院
那个支走丫鬟的妙龄少女
你需要攒下多少勇气
才能对着一位陌生的书生挥动衣袖

在月河街，你体内的小鹿正撒欢奔跑
我厚实的布鞋一寸寸地踩平了
心上人的心跳。你手心的香帕掩不尽
满面桃花和欲语还休。吹皱你眼中一汪清水的
是不是我的俊秀带来的一缕春风

在酒楼茶肆，浅斟慢饮道不尽书生的满腹经纶
一笑一颦掩不住小姐的秀外慧中

此时月河潺潺，时光静好
鸳鸯正在灯火的倒影里晾晒幸福
若你愿意，我就是那个可以当掉长衫
为你捧来真真老老红豆粽的人

奔向三日未见的你
十指相牵。也道不尽离别的缠绵
在月河，那一声笨拙的"扑通"声
是伴奏思念的最好声乐

情浓

一日不见，如隔三秋
你站在月河的那一边
所有的女人都成为你的背景
我站在月河的这一边
所有的男人都成为我的背影
这几丈许的水面啊
是隔着我们的万水千山

十二孔石桥，没有一孔可以
通过我的急迫
乌篷船竹篙轻点，带起的阵阵浪花
也熄不灭我燃眉的火
那就让我
做一个为爱泅渡的书生吧

在月河街，我抛却体面
顶着两岸的指指点点，带着湿漉漉的狼狈

情殇

布衣书生金榜题名
身披红绸锦缎，荣归月河客栈
可是，一份荣耀罩不住书生的倔强和天真
一份功名改变不了官场的无奈和昏暗
平步青云成为贬义词库里的一枚罂粟
偌大的王朝，载不动书生的两袖清风
万人的血泪，保不住书生的一顶乌纱

那就让我卸甲归田，挂靴而去罢
可是，任我学富五车
却喂不饱几亩薄田
可怜进士出身
也救不了一段浪漫姻缘

你家门槛那么高，一顶单薄的小轿
又怎能抬得走江南富户，官宦之家小姐
月河的微浪正一点一点

打碎一盘圆月
深闺中，伊人对镜梳洗一脸憔悴
闺房外，殷勤的媒婆
正巧舌如簧

推开月河的窗

王乔薇

卸下仆仆风尘
卸下岁月负荷
来河畔垂钓对你的思念
来把黄昏坐成月河上的华灯荡漾

把今夜
泊宿在月河客栈，我
开窗
让风吹进来
如你的轻歌满屋

开窗
让荷香飘进来
如你的飘逸优雅

开窗
让水声流进来
如你温柔的细语

开窗
让薄雾涌进来
看不见　握不住
而真实美丽的存在　如你

开窗
让诗情　进来
守候　月光剔透
守候你每一次婉约的来临

怀念总是同一首歌
不管回首　望你
或不回首　想你
月河都浪漫成爱的风景
月河恒是不识哀愁的河

亲爱的月河

韩玉光

一

月亮从河的中央升起来，仿佛
流水向时光抛出了一生相随的绣球
爱一个人，就要像月河一样
将一轮月亮深深地放在心上
爱它，疼它，而从不计较它的圆与缺
爱一个人，就要像月河
紧紧抱住古城一样，依偎着，温暖着
而从不在乎它的荣辱与沧桑
一千条河里有一千只月亮，其实
每个人的身体里都有一条不腐的河流
每个人的心里都藏着一轮温柔的月亮
河是爱河，或轻缓，或湍急，流淌的都是爱意
月是明月，或清澈，或皎洁，照亮的都是真心

二

月亮浮出了水面，仿佛你
独自驱车从城里到乡下的旧时光里看我
我不知道，一生究竟有多长
一个人走不完，需要两个人
执手走过，我不知道
人间的爱究竟有多重，一颗心
承受不了，需要两颗心一起来负担
可我知道，人生这本书
有了封面和封底才称得上完整
我也懂得，一条命运之河
只有配上两岸的好风光
才是一卷完美的传世佳画

三

古老的运河，每一分钟都盛开新的浪花
古老的月亮，每一秒都编织新的光环
亲爱的，我看见一轮月亮
像一颗红豆种在水中

亲爱的，你看
它已长出了两条碧绿的连理枝，一枝是我
一枝是你，我看见
一只喜鹊飞在空中
你是左翅，我是右翅
亲爱的，只有我们一起飞
才能将尘世的爱化作天上的星辰
不信你看，灯火阑珊处
一条河也有自己的情人节，每一朵浪花
都是月河献给嘉兴的浪漫玫瑰

四

这世上，有了月亮
就有了值得一生仰望的爱情神话
这世上，有了水
就有了一尘不染的爱之菩提
亲爱的，今夜
我轻轻地将你叫作月河
今夜，你是我一个人的王国
从天上到人间
月亮是我们的勋章，梁祝是我们的赞歌
而唯有月老
有资格做这爱情王国的使臣

五

月明林下，心藏美玉
亲爱的
让我们做一对恩爱的夜鸟吧
在林间筑巢，在枝头俯视人间
有了爱，哪儿都是天堂
亲爱的，我们
多么像两块温润的玉佩
久别时，光芒安慰着光芒
重逢时，海誓重叠着山盟
亲爱的，为了美，今晚
我让月亮在江南的空中与水中
同时升起来，为了爱
我们要一起坐在月光中
看一看，今日之水如何流向明日

六

流水远去，但流得再远
又怎么会远过天涯和海角
亲爱的，我早已发誓
要做你一个人的天涯海角
我的心

是属于你一个人的城池
风雨再大，都不会将它攻破
在这儿，倾城就等于倾心
在这儿，我们
永远有花好月圆的夜晚
永远有相濡以沫的老照片

只要水一直流着，我们就会一直爱着
只要有爱，就会有天长地久的爱人

七

多美啊
唯有美是永久的家园
月河桥、荷月桥、秀城桥
都是今晚的鹊桥
月亮下面，两个人瞬间相遇了
仿佛两滴水已成为一朵幸福的浪花
月河深深深如相思之夜
月河长长长如远逝的时光
亲爱的，其实
再深的河、再长的水都不及我们
用短信发给对方的两个字：想你……
是啊，想你
仿佛一条河想着一轮明月，仿佛
此岸想着彼岸，夜幕想着灯火，多好啊
亲爱的月河

月河：爱的祈祷（组诗）

大 卫

河水在月光下安静地起伏

河水在月光下安静地起伏
月亮和它的剪影，嘉兴刚好搬得动
布谷经过月河时
她的叫声比银子好听，月光
一直在弯曲。你让我
抱她我就抱她，你让我叫她亲爱的
我就叫她亲爱的，你让我
吻她，我就拿出舌尖上的
千军万马。一切皆遵您所嘱
我看到的云彩都是漂移的
尘世何曾有过花朵，我所见之花朵
皆为花朵晃动时留下的轮廓

你让我饮酒，我必
大醉，你让我痛哭，我必
把脸埋进虚无里，天蓝
就让它蓝吧，寂寞有毒
但却鲜艳，月老不在人间
我的手指找到农历深处的琴弦与流水
七月的江南
荷花欲燃，我的心可以全死也可以
死去一半，我的心可以全死
也可以死灰复燃

我两手空空就是为了
与你相遇，樱桃
再甜下去就是暴力……

求你去掉我与落日之间的距离

求你去掉我与落日之间的距离
求你让我的心变成熟透的果子，挂上
空空的枝，求你让月亮停在树梢上面，晚星
落进月河的漩涡里，蟋蟀弹琴，寂寞长出
更寂寞的光辉。求你让我做一阵风或者
流水，有爱有恨，每一次心跳都是月光
与月光的交织，忧伤是个竹篮子，只能用来

打水。求你让我像风一样穿过尘世，不反对生
也不反对死，让一朵花开得极度
鲜艳，让美透支。求你让我像流水一样
返回前世，求你让我的影子穿过南湖，穿过京杭大运河
变成一匹马，凡不爱的
皆可绝尘而去，求你让我在桂花与百合之间
找到比喻，求你让我爱上一个女子，在她胸前
堆满赞美，在她腰间堆满玫瑰、丝绸与豹子

在月河的波浪里，嘉兴一身星光
南湖一身星光，月河一身星光
满足我这一切的要求吧
浩瀚的星空里，孤独才是真正的
波浪，她是玫瑰遇见黄金时，黄金第一次歌唱

让神走下水晶的梯子

让神走下水晶的梯子，花朵
用十万种颜色蹚过自己
让我对一只蜻蜓说爱，让我
与死亡相看两不厌，让我
死得更慢一些，更高贵一些
更优雅一些，更浙江一些
更嘉兴一些，更月河一些

让我把错误变得更错一些

让我在死去之前，纳虚无入怀
并被虚无所爱，让我被云朵
以及比云朵更绝望的白色所描绘
让我的心先死，身子留给尘世
让我的血管像这条名叫月河的河流一样
弯来弯去，时而充满马蹄时而充满豹子
蔚蓝的天空下，与草木为友
与闪电为敌
那像草木一样活着的
必像草木一样死去
我就是那空空的枝
一个不存在的名字
一句未完成的哭泣
骄傲地来，又骄傲地去

河有它自己的弯法

河有它自己的弯法，昨夜的雨水
坐在月河客栈里，那湿湿的泥是我
喜欢的，那鸟儿留在泥上的爪印
也是我喜欢的，花正在慢慢地打开整个嘉兴
我在望月桥上想起你，仿佛你就是

刚刚绽放出来的一句美丽的叹息，没有一朵花能开得
像你，在那看不见的虚无里，喜悦
在哭泣，赞美你，因为你让美抽枝

一棵树在林子里布下清凉的影子
七月七日，斑鸠在月河的对岸叫着，蝴蝶和蜻蜓
同时起飞，鸽子带着一身的光，落在
波浪上，我想你的时候，转不过身子
云彩从天空飘过时，江南遍布春色
没有人到过这里，没有人看见
叶子落下后，留下空空的枝
虫子用自己吐的丝
吊着自己，在风中荡来又荡去
求那被生热爱的，也被
死赞美。细雨改变了花朵，母亲和时间的
步履，我只是想真实而
卑微地活在人间，像一棵草那样
低下头去，仿佛接受了你的一次风吹

想起月河（组诗）

祁宏玲

月河里的鱼

我痴情地望着你，只希望你能咬我
将我咬得遍体鳞伤
当我一片一片撕下岁月的鳞片
一次一次抑制身体的颤抖
一次一次从死亡的边缘走回来
为的就是，你咬我时那幸福的痛

我已在月河里等你千年了
岸边的石头都写满了煎熬和等待
快用你那弯月的身躯，钩住我
我仅仅需要：上一次刀山
下一次油锅

想起月河

想起你的宽阔和狭窄，安静和汹涌
想起你的睿智、霸气和弯曲的样子
我就想到月河边做一棵柳
风一来，我就是你的样子

独自翻身，独自吟唱
直到月光鞭醒我。这情欲中的雄狮
不停地磨蹭我的身体，亲吻我的脚
我惊恐于它火花迸射的臀部
惊恐于浪潮翻滚的心胸

月河上下，都是它饥渴的眼神
对着水镜，我将自己轻轻地打开
像打开一瓶醇香浓郁的酒
让两头柔软光滑的狮子在此咆哮
荡漾彼此的灵魂

月河岸边

亲，抱着我吧，像抱着故乡
不需要日落，更不需要灯光和酒
仅仅一个石凳，一个钓竿

就可以将天上人间搅得一塌糊涂
现在，我已经芳香四溢了

我决定做你身边另一条更大的河
——天河，我要将你覆盖
让你手足无措，让你知道冰火的厉害
有时，我会把自己弯成你的弧度和方向
让你感受我低眉顺从忧伤的毒

更多时候，我喜欢与你首尾相接
我们组成一个巨大的完整的圆
河水从你的身体里流出，流进我的身体
再流进你的身体，如此反复

如此日复一日，锲而不舍

像月河一样爱你

你别走得太近
我禁不住那一阵风吹

月光滑落下来，我也跟着跳了下去
这是我白天的旗袍，夜晚的婚纱

这一切都是你的，这么多年了
我一直保持对你的弯曲

别再对我吹流氓口哨
前世今生的等待，都有太多苍茫

我只要一次闪电，像一根小小的火柴
同时擦亮你和我

你别走得太近
我禁不住你月河桥一样的身姿

紧紧扣住我的心，我多么希望此刻
你能迅速打捞出我迷人的体香

我无法做个淡然的女人

我决定抛弃天马驰骋的草原
抛弃漫山的樱桃红，薰衣草的紫
抛弃大海，沙滩，及小木屋里
朝九晚五的苦咖啡
义无反顾地来到月河岸边

面对月河，我无法做个淡然的女人
被一条河相隔这么久
我只能做到暂时不再悲伤
只能祈求灵魂和身体都无限靠近
你身体里的苦瓜开花了
开出薄脆淡黄的小花

我一袭长裙，扭曲成一杯杯苦瓜水
天空一杯杯地喝，大地一片片潮湿
这是我最后一次来看你了
如果时光可以倒流，可以肯定
我们将和草木一样满怀欲望

第三届

"月河·月老杯"爱情诗大赛

月河小唱（三首）

孔 灏

在月河听心经

闻佛语
如月河里的月亮
看天上的自己

如群山坐着坐着就空了
如流水慢
慢着慢着
就抛下了箭一般的光阴

小冤家
不说话
她在粉墙黛瓦之下
嗅梅花

今夜一天月好

今夜一天月好
想起她的美目顾盼
想起她的体态多娇

我也曾细雨骑驴入剑门
我也曾衰兰送客咸阳道
我也曾浑浑噩噩游手好闲
我也曾堂堂正正义薄云天
今夜一天月好
我自惭形秽
我形影相吊

我丢在山坡上的那支竹笛
被风捡起来
它把月河
吹得多么柔曼多么抒情呵

而月河，在你我之外

唱歌的人在歌声之外
折柳的人在杨柳之外

我有一根哨棒
不打虎
也不打狗撵鸡
我只拿着

我有两坛好酒
不待客
也不自斟自饮
我只藏着

你送我那天
你我在离别之外
而月河
在你我之外

我是你的唉，你是我的喂

马冬生

我是你的唉，你是我的喂
这样的称呼一直沿用到老也不厌倦
这样的心有灵犀，月老明晰

我是你的唉，你是我的喂
这样的称呼即使再过五百年
所有省略的言辞都会站出来
向你的一声唉和我的一声喂致敬

我要用我全部的唉，爱我的喂
直到我把我的唉一点一滴地用完
直到空着的世界没有了喂的声息

像月河一样爱你

红 妆

亲爱的，我把你爱成一座山
我爱你的巍峨和坚定
也爱你绵延千里深沉苍翠的寂寞

我愿意是你肩头皎洁的月亮
我愿意是你怀里明媚的花朵和鸟鸣
我愿意是你眉梢晶莹的露珠

我也愿意，是清澈温柔的月河
历经车水马龙的繁华后
在灯火阑珊处，与你生死相依

满　足

王　妃

在这里，我看见了牛郎织女——
阳光带着游客从月街上悄悄撤离，让出两岸的宁静
让出月河。这对神侣在盈盈一水间相会
如果有风，他们就随风荡漾，在水里慢慢靠近……
纵然脉脉不得语，他们也是幸福的
是月河化解了天文学的距离
让他们步入凡间，成为千万寻常夫妻中的一对
夜夜枕着波涛入眠……

第四届

"月河·月老杯"爱情诗大赛

一条河的诗经——写给月河

风　荷

一条河穿过梦境

　　或者把一条河流搬到楼下，我像一棵常绿的乔木一样，一直守候。

　　或者活成一块石头，被你带走。

　　距离是无形的锁链，锁住了我，也锁住了一条匍匐的河流。那些诗歌中的美好都来自虚拟，其实我与钟情的一条河流，隔了青草地。

　　唯有长夜里，一条河直立身子，飞扬起来，寻向我，拐入我的梦境。

　　一条河就是我魂牵梦绕的爱人的化身，在梦里。

　　你取下我身上千万只被相思捆绑的蝴蝶。

　　你细心拔掉我鬓边的几棵荒草，你轻轻抚慰我寂寞的双乳和小腹，你拥抱我忧郁的灵魂。

　　而我退后几步端详你，赞美你。你体内的钟声铿锵有序，你像一匹风度翩翩的白马微笑着看我，你像是我的佛，抑或庙宇。

　　在梦里，我们交杯，倾诉十八年不遇的衷肠。

　　苍茫抱紧夜色，你回转而去，一步一步地不舍，一步一步地肝肠寸断啊。

　　你留下一个哀伤的眼眸给我，你把痛苦的鼻息重新扶上我冰冷的额头。

　　那个在命里遇见你的人不是我。

　　我唯有天天吐出一朵如莲般清凉的名字祝福你，你唯有用心写下一阕一阕期待中的喜相逢寄予天涯海角。

　　生命轻，誓言重。

　　我缝补破碎的梦境，撕裂的伤口，收拾一地零乱的飞雪和沙砾，把我们相爱的身影融进万家灯火，织进柳暗花明。

　　不恨君生早，日日与君好。

　　不管命运的绳索在背后如何牵扯，也不管情感的闸门是否落下。落日楼台，那个凭栏远眺的人永远是我。

　　我深深理解一条河流的孤独，月光像磷光一样在河面上发光。我唯有寂静，像消亡了一样去等。

　　等我璀璨的未来和王国。

一条河的冬天

怀揣轻薄的火焰，失眠的群星，从秋天走进隆冬。

怀揣花瓣上岸，在寂静的清辉里用力地孵化出下一个春天。

我给自己的行程上紧发条。你让河水长出琴键，轻轻弹拨晨昏，你让斑斓的弦歌浮出受难的季节。

——月河。

你无视枯草败叶，无视缭乱和荒凉。你剔除虚无的叹息，在冬天努力圆满自己。我不做误入人间的狐狸，而你就是一条真正的卧龙。

水落石出，在时间的拐弯处。你舞动"不忘初心"的旗子。把水草鱼虾抚慰，把两岸疲倦的梦唤醒。

当雪像短矛飞来，当西风带着暴力。

你无所畏惧，握紧生死的密纹。拆除自身的栅栏，展开隐形的翅膀，用冷峻代替焦虑，用远行代替眺望。

灵魂永远年轻用力。月河，你犁开僵硬的江南。向前，向着岁月深处挺进。你倔强的眼神让一个季节熠熠生辉。

我爱你，一条河流的冬天。

暖阳会急骤升起，用它的舌尖吻你。阴影和磨难将退避三舍。把伤痕移交给昨天，把一颗干净的心留给大地。

爱神也会在春暖花开时分迎接你，一个提着流水的风骨行走的人。她会抱紧你灵魂深处最细微真实的波动。

因你为爱又活了一次，月河——

一条河是最大的容器，是图腾

知性，觉悟。

一条河，情感的喷发永不会停歇。而今，你的张力是隐性的，你以谦卑之势来迎接命运和爱情。

你低下的身影，从不自我撕裂。你保持自己的完好，你敞开，透亮。你引钟声，打铁声，小巷犬吠声……

声声入怀。

你迷恋小镇生活，你抱着明月的光芒入梦。

蝉声弹拨你的琴弦，你古典，也先锋。你抚平内心的起伏，拔出身体里尖锐的倒刺，把自己打理得干干净净。

只为给爱人一个明亮的胸膛。

无视庸常天气，无视两岸悲喜。你只管倒映好看的木格窗，和一年一年晶莹的雪。

你乘风而行，一路把幽蓝的荧光，玫瑰和钻石缀在腰间。

你包容不眠，破碎，冷漠。也不诅咒腥咸，荒蛮，伤痕。有的是宽容和祥和的姿态。

善良慈悲，你把自己埋进大寂静里。你偶尔美丽的忧伤，也阻止不了生命飞翔的日子。

一条河澄明安静，与岁月肝胆相照。

一条河是最大的容器，是爱的图腾。

一条河是爱情的编年史

晨曲，夜歌。

千百年，一轮明月倾诉着对一条河的思念，而一条河也坚守着对天空的忠贞。

循着爱情的足迹而来。月用长矛刺破墨黑的夜空，穿过浮云，用信念剥出自身的光洁。

向下，向一条河交出爱恋，向河神宣读永不放弃的誓言。

月要做河永远的爱人。

而河也在不停地完善自己。把自己从花枝招展的春天的源头寻回，用清水润泽自己，用清风梳理自己。也接受花香，珍藏好月赠予的灵魂的洁白片羽。

一条河，循着向上的梯子，把目光迎向天宇。

一轮月，提起裙袂，缓缓地走下来，在银白的光里。

一条河因爱上了月的灵魂而厚重，而有力量，像一个人走进了另一个人的心扉。

年复一年，月用心写下一条河的编年史。

虔诚，纯净。

河水的编年史里，没有铁的冷酷，没有刀锋的致命，有的只是两颗圣洁的心。

一条河的情人

一条河，从一千七百年前飞来，横卧在我的心中。

一条河是我身体里的一根横笛。

月用圆润的嘴，夜夜吹奏圆舞曲，爱的小兽们从山林里跑来。

水谱的曲，有些许的忧伤，有思念的苦楚。

一条河在我的身体里，和我的灵魂遇见。一条河从远方来，是为了捡回我灵魂的舍利。

千百年的期待，终于在此刻相逢，没有早一分，迟一分。

你横刀立马，赠我义重情深。

我小鹿乱撞，寂寞和难过全部退还给俗世。

两岸的木窗挂满星光和虫吟，一年年老去的树木重新焕发光彩。

一条河，带来我要的温度和敬意，惊喜和赞誉。

我一点也不隐讳，你恰如一道闪电闯入我的心窝。我内心孤独的豹子已被你赶走。

河面荡漾，我也无法平静，穿着青布碎花裙，款款走向你——

你就是我的英雄，你用侠骨柔肠抚慰我羸弱的身子，我的喜悦浮出河面，水草一样疯长，蔓延。

我要做你一生一世的情人，与你共守一份海枯石烂的爱情。

一条河是自己的明镜台

你从远古流进文明的江南，无视质疑，诋毁。

你不说话，你懂。

爱情和诗歌是隐形的翅膀。你有顺从命运的勇气，一路保持着自己的完整，完好，完美。

一条河是明镜。

神秘的黑衣人只可远观而不可亵玩，一条河没有雾霾，河水的歌声是清澈的。厄运和罪孽，都离它很远。

痛苦被过滤，幸福纵生。

河聪慧，和风在它上面铺展，一派清明。

偶有台风刮过，你身上的伤痕也很快愈合。你有自己的还魂术。自我敦促，沉郁。你是一条古典情怀的河流，没有礁石，浪潮，海鸟。

浮世，清欢。

你有的是干净，雪白，纯粹。

你的快乐来自自己身体里的庙宇。

一条河的心是明月。

一条河给了自己寂静，也给了自己光芒和爱情，你就是自己的明镜台。

我说的这条河，是月河。

一条河如同我魂牵梦萦的一匹白马

你从隐藏于寻常巷陌的历史深处一跃而出——

你经学绣塔，经白龙潭，绕城下……

你是我魂牵梦萦的一匹白马，而我则是江南青山秀水般的女子。

当你寻来，当你在白墙黛瓦之间侧目伸颈看我。

我陶醉，不能自禁。

你发亮的眼神催开我脸颊上十万亩桃花；

你动情的呼唤吹响我肺腑间十万支长笛；

你奔跑的身姿荡漾我心尖上十万战栗啊。

我的白马，当我们遇见，小兽为我们祝福，葡萄美酒为我们干杯，月光为我们支起曼妙的婚纱帐。

俊朗的白马，你是最出色的王子。你的血液里徜徉楚辞的长风，你的骨头里焕发魏晋的气息。你扬蹄是一首唐诗，你呼啸是一阕宋词。当你靠近，亲爱的，我身体里的十万亩春天迅速苏醒，恣意怒放。

月满河心，疏影横斜。

当我们相视一笑，我便是你，你便是我。

当我依偎你，用凝香的纤指拨动你灵魂的琴弦，我想我一定是融化了你侠骨柔肠的甜梦。

当你在我耳边轻微地呼吸。我也像丝绸一样的柔软了，不再记得结茧般思念的痛苦。

余下的时间，就让你我剪影西窗，秉烛夜话。就让河里的十万朵荷花为我们迎风起舞。

月河，你是我的白马，永生永世。

一条河，更爱你日后荒芜的模样

桃花瓣，离人泪，一条河是女子的一生。

就像诗人说，如果你爱上一块花布，还必须爱上它褪掉的颜色，撕碎的声音。

一条河亦如此。

春花秋月。

我，爱你处子的沉静，十八岁的年华，月色的芳香缀满你玲珑的身子。

我，爱你日渐的葱茏，饱满的身躯，像夏花一样灿烂。

我，爱你秋天的明净，似一面明镜，倒映出蓝天白云般美好的生活。

一条河，是披着白色浪花的永恒的击鼓手。

然一条河，有年少，也有晚年。在荒芜的冬天，你的身子里只剩下不眠的夜和需要安慰的枯败了的花瓣。

身不由己。你变得浑浊，疲惫不堪，一路被凌厉的寒风追赶。

但你的灵魂依然高贵，身体里的热血不断地向外翻涌。

你的流淌是你的爱和你在世的佐证。

你风尘仆仆，内心干净。

一年又一年，你不在乎身体里的钟声失修，更不在乎时间在头顶消亡。

月河，你是时间，是隐喻，是孤独，是我打开自己用力吐出的一缕爱的清音。

是的，我爱你曾经的烂漫，但更爱你日后荒芜的模样。

你是我一生读不厌的诗经。

月河传说

郭野曦

　　为了圆满，京杭大运河在嘉兴城北绕了个月亮形的弯子，就是为了在爱情圣地——月河，圈住一个美丽的传说。

——题记

硕人：美人鱼

　　手如柔荑，肤如凝脂，领如蝤蛴，齿如瓠犀。

——《诗经·卫风·硕人》

　　我最初的妹子，最后的水岸红颜。
　　集万代风情，纳千秋声色。
　　待月河拐过弯道、汇入青铜和岩画之后，我保证掌纹的爱情线，不分叉、不暗涌，也不抽刀断水。
　　从彩陶里掏出的神话，让月河止住了喜极而泣的泪水和哭声。

　　一滴水就是一部情史，一缕波光就是一个宏大叙事。
　　"巧笑倩兮，美目盼兮。"
　　也只有在爱情圣地，才能找回人之初的纯真和本善，在精神的家园，还一个完整的自我。
　　爱，就是孔雀开屏，一种极富贵族色彩的存在形式。
　　在水一方的美人鱼，止住了肉身的闪烁和摆动，是想在时间暴力与独裁的断裂地带，腾出手来，趁天高云淡，收拾一下内心的苍茫和辽阔。

静女：水妖

　　静女其姝，俟我于城隅。爱而不见，搔首踟蹰。

——《诗经·邶风·静女》

　　水妖在歌唱。
　　经典爱情，来自鲜花盛开的水岸。一如英雄的罗马和古希腊，植根于史诗和神话。
　　来到嘉兴月河，我芳草的血统，水做的风骨，终于回到了原籍和出处。

东方净土，每一朵野花都藏着一支歌，都有直抒胸臆的欲望和冲动。只是处于火山喷发前的热身状态，有待被丘比特的箭羽击中和命名。

敞开自己，绝不仅仅是为了晾晒灵与肉的潮湿。

搬起石头砸自己的脚，要的就是一种疼痛的快感。

等飞蛾扑灭了体内上升的虚火，被泪水和盐腌渍过的表情，越发陈旧。一如在旧的疤痕上，打了一块新的补丁。

静女，将一地落花归集起来，葬在桂花树下，有月亮和猫头鹰看着，香魂也有所依附，也省得为繁忙的花事，牵肠挂肚。

月出：美女蛇

> 月出皎兮，佼人僚兮。舒窈纠兮。劳心悄兮。
>
> ——《诗经·陈风·月出》

月河，首先是叙述者，而后才是被千里情缘套牢的铁证。

二月春风，将水岸的月色裁剪得很得体，深浅有致，适合偷情和私奔。

潜水的月亮，习惯用鳃呼吸，一有水鸟掠过河面，便从水中探出头来，有些按捺不住自己。

我这副旧皮囊，跟撩人的春色一点都不对衬、对仗，也不合辙押韵。

将我放在花的前面做部首、放在后面做偏旁，都不合适，可能直接导致整个花季的审美向度，急剧下降。

沧海横流，不是什么码头都可以停靠。

我用一根玄鸟的羽毛在伤口中摆渡，血花殷红、决绝、疼。

搁浅、抛锚，卸下一生的情债和伤痛。

"月出于东山之上，徘徊于斗牛之间"，良久，也没找到直通温柔乡的船坞和渡口，美女蛇也没有从花丛中探出头来，喊我的名字。

谁用竹篮提走了如歌的岁月，沿河叫卖：一寸光阴一寸金！

留下了水中月，被拍岸的涛声弄碎的一团虚影。

木瓜：月亮草裙

> 投我以木瓜，报之以琼琚。匪报也，永以为好也！
>
> ——《诗经·卫风·木瓜》

春暖花开。

人们都在减衣服，一件一件地，减到只剩下母系部落的两片草叶时，我已将自己和盘托出。

只要春回大地，草木返青，我的心便有绿意萌动，但也不想将自己裸在河套里。尽管今夜的月光很淡，浸湿了草裙的褶皱，容易泄露木瓜的身世和隐私。

"寄蜉蝣于天地，渺沧海之一粟"的一个情种，除了自身表皮的颜色，也改变不了什么。

"为天地立心，为生民立命，为往圣继绝学，为万世开太平"，"横渠四句"之中随便拿出一个字，都能将我压得骨断筋折。

只能安于宿命，生于尘埃，归于泥土。

可情欲来时，仍试图在如歌的散板中，将锈迹斑斑的自己打磨得光亮一些。

这时，你莅临的脚步，若不将我的心踏乱，我会把月亮擦得更干净一些，也不会有今夜的昏暗和朦胧。

投桃报李。今生已被掏空，还有多少爱，可供挥霍？

鹿鸣：野生音乐

呦呦鹿鸣，食野之苹。我有嘉宾，鼓瑟吹笙。

——《诗经·小雅·鹿鸣》

时光可以虚掷，也可以耳鬓厮磨。

在水岸，遗臭、留芳，都可能艳史留名。

"回风喧地籁，浓露洗天河"，天赐尤物。积极地，入世的，看似了无踪迹，却有周期性地反复。

不管是蛙鼓、虫鸣、鸟啼、清澈的水声，还是空谷回音，都是被疼痛磨钝的尖叫，都在给一河春水谱曲、配乐，使其成为一种可以被心灵保存下来的东西。

"鼓瑟鼓琴，和乐且湛。"

月河的想象力已丰富到了足以承受美妙的乐感对我倾注的暴力和柔情。

我猜想不出龟背上镂刻的铭文，对我隐瞒了什么。也不知道岩画里的鱼存活下来，对我有什么喻示。

背靠一片抽穗、扬花的蒲草，坐下来。寂静如内心的止水，等待遗忘和宽恕。

苦海，是望不到边际的生死场。

鹿回头，即便爬上岸来，未必就超凡脱俗、六根清净。

野有蔓草：豹

野有蔓草，零露漙兮。有美一人，清扬婉兮。

——《诗经·郑风·野有蔓草》

疏影横斜，水声清浅。

如此静美的景致中，一相思，整个花季都在暗香中浮动

江南水乡在用一种博大的胸襟和澄明的质地，唤醒了汉语诗歌最感性的部分。让暴殄天物的豹保有仁慈和

良善，吞咽了自己食肉禀性，将美丽的文身献给了蝴蝶。

我终于在九曲十八弯的月河，找到了回肠荡气的出口。

豹，在万绿丛中又把蔓草和美人爱了一遍，无非是一次大面积的水性杨花。

豹，在大野上画出的弧线，舒展、流畅、凸凹有致。

灵感的火花，受雇于肉体的驱动。

翻开月河的情典册页，我是语法修辞中多出的一个病句或错别字，生僻、荒诞、不合时宜。

在被命运的风暴搅乱的日子里，蔓草用线性的乐感，将破碎的、一截一截的诗句完美地连接起来。无疑是一种匡扶和支撑；无疑是创造了一种精神，因为它正在丧失、毁灭。

湿漉漉的渔火，承接闪电的扭曲和破裂，光的传递，接续了人间烟火。

"言下忘言一时了，梦里说梦两重虚。"

蝶，以龙纹加身，桂冠封顶，一副王者的威仪和气象，君临万物，称王、封后。继而，才有了姓氏、族谱、进化论和物种起源。

风，吹散了云朵，让出了天空的高度。柏舟的水位在下降，蝶的心理落差，一时还无法消除。

但愿人与传说一样长久，一如千里共婵娟的月河，在情史中留下了一颗丹心，

取走了呼啸而过的痕迹和跌宕起伏。

抛开水的低语，风的嗡鸣。

爱的涅槃、图腾、蝶，正在赶赴的途中。

柏舟：庄周之蝶

心之忧矣，如匪浣衣。静言思之，不能奋飞。

——《诗经·邶风·柏舟》

野渡无人，借一根芦苇靠岸。

月黑风高的暗夜，星星不点灯，即便是出墙的红杏，也找不到通往鹊桥的路径。

一只流萤，穿过月亮的针眼。月老借露水闪的光亮，用一根红线将散落的星斗穿成一串念珠。庄周之蝶，用

采薇：灵草

昔我往矣，杨柳依依。今我来思，雨雪霏霏。

——《诗经·小雅·采薇》

所有的灵草，都是我的旧相识，一见钟情。

所有的野花，都是我的水岸红颜，一个比一个天真、率性。

淡出风圈的月相，归入道法自然的序列中，以周流

不居的幻象，运行于湛寂常恒的天宇。

我在花蕾和露珠里钻木取火，安身立命；在月老抽出的红线上结绳记事、刀耕火种。

每一个传说都是一首诗，都有解不开的秘密，有待勘破。

不管甲骨与竹简碰撞出的是豪放，还是婉约，都是上古遗风。

灵草，在牧歌的上游，占据了源头的活水和清澈的水声，像是在为月河传说，重新洗牌。

一只蜂鸟，将头插进花的蕊中，颤动着翅鞘和声带，振振有词。一如先哲的一句醒世恒言，一路低开高走、深入浅出。

灵草，在云中寄来的锦书里，修身、养生、水土保持。

雁字回时，我身体里的盐、铁、钙，正在流失。

白驹：井

皎皎白驹，在彼空谷。生刍一束，其人如玉。
——《诗经·小雅·白驹》

人生如白驹过隙，容不得慢慢推敲和字斟句酌。
爱，是盛满甘露的一口井，溢出的善念和愿景，无疑是对心灵损毁部分的一种修复。

为了攫取三千弱水，有必要在典籍的眉批上标注：嘉兴、月河，等于在高潮迭起的动感地带埋下伏笔，一旦被灵与肉碰撞出的电光石火，点燃、唤醒、产生共鸣，无疑是对神话经典性、权威性的瓦解和颠覆。

和风细雨中的一洼浅水，黑云压城下的一眼深潭。

"毋金玉尔音，而有遐心。"

白驹，在擦肩而过之际，掠走了我的青春肌质、生理欲望和想象。在我没有被弱水溺毙之前，只能看着书籍里若即若离的黄金屋、颜如玉，望梅止渴、画饼充饥。

等不及来世的轮回了，在剩下的时光里，还有多少爱可以重来一次。

爱要简洁、白纸黑字。不能过于肤浅，被撼树的蚍蜉连根拔起。

要像井一样钉在大地上，含蓄、深刻、内敛。

不能让命里抽出的水弦与月老手中的红线，一味地纠缠下去，将月河传说弄得，剪不断、理还乱、拖泥带水。

伐木：红杏

伐木丁丁，鸟鸣嘤嘤。出自幽谷，迁于乔木。
——《诗经·小雅·伐木》

爱，可以出墙，也可以在水岸，诗意地栖居。

"嘤其鸣矣，求其友声。"

我在如歌的散板中寻找与万物之间的心灵感应。

有红杏指给我的捷径，就不用摸着石头过河了，少走了许多弯路。

仓颉造字，"天雨粟，鬼夜哭"。

所以我得把自己写得工整一点，不能过于潦草。

至于凸凹的线条是否流畅、丰满，无关紧要，关键是我还没让春天彻底绝望，还能把一些表达诉求的词句，安放在妥当的位置，不至于主次不分，词不达意。

一弯新月，一堵残墙，提供的不是为人进出的门，也不是为狗爬出的洞，是打开了一个灵魂得以逃逸的缺口。

一河逝水，满目沧桑。

江山与美人，爱与不爱，都是一生的过错。

我不想重蹈覆辙，却一不小心在形式上落入窠臼，但内容是新的。

趴在墙头的一枝红杏，情窦初开。

一个懂得雪藏自己的人，不能让人看出被篡改过的罗曼史，最精美的部分，支撑月河传说的骨架、脊梁，是千年不愈的硬伤，不可救药。

月河在左，月老在右

郑 立

邂逅月河

一轮圆月的羞怯，比美梦还要干净。

在月亮的背面，是一只爱情的蝴蝶。

月河的灯火，告诫了我生命的暗语。

一声声脚步，折叠了我翅膀的轻盈。

一句句热望，折叠了我酒杯的分量。

一盏盏河灯，折叠了我抱城如月的眼睛。

最不忍我折叠的，是我与月河的邂逅。不用我仰望，满眼都是盈盈的月色。

那些夜色的鱼和夜色的灯笼，在鼎沸的人声里，流淌着清明的花纹。

那些如织的梦和如织的灯影，都在一桥之外，穿梭着蓝调的音乐。

我是踏着铭心的月色而来的。不用我开口，满心都是粼粼的烟波。

一条荷月弄，包裹了我全部的忧伤。那轻唤我的语声，捧着了圆月。

一处月河客栈，停靠了我全部的漂泊。那低头的娇羞，淌流了温柔。

我是踏着青石板上的星星而来的。不用我诉说，在我心的背面，是一只爱情的蝴蝶。

叩问月老

月老，我的媒神？

从北丽桥畔，到月河西街，为什么隐姓埋名？

一块块青石板铺开了我今生今世与你的约定。一步一步的台阶，我一声声至真的祈愿。一座一座的石拱环桥，我一座座不悔的誓言。

在烧稻草桑枝的土灶头上，一壶清茶，养足花好月圆的憧憬。

在幽黝古居的倒影里，一坊花鸟，氤氲江南水乡的爱情。

偷看了你手里的姻缘簿，窥看了你兜底的红丝线。

我爱情的眼睛，烫伤了岁月。我爱情的誓言，已泪流满面。

咫尺的千年，是月河与古镇的默契。咫尺的万里，是爱情与心灵的期许。

我该不是被你遗忘的那个人？

是不是还要在一尊古陶之上，我再等上一千年？

是不是还要在静静的月河之上，我重头打捞爱情的江山？

月河在左，月老在右

左边是月河，一条恬静淡泊的小河，泊满了爱情的味道。

右边是月老，一袭千年不老的蟾光，垂钓着亘古的温暖。

我不左不右，等待七夕的圆月，爬上静寂的树梢头。

古色、古香、古朴的古韵，古街、古屋、古桥的古典，在白墙黛瓦之间，在曲折找不到的尽头，那年，那人，那情，那景，啜饮我入魂的安宁，每一座桥上，坐着一个爱情的故事。

有时，我也会怦然心动。那是粗心的月老收起的一船晚霞，在如诗如画的静谧里，头枕月河微蓝的衣褶，与一根红红的丝线，对酒当歌。那水深火热的情意，已托不住夜色的绚美。

大江大湖，那是在兵刃上的喧嚣。

百舸争流，那是在号角上的舒卷。

生生死死，那是缘聚缘散的起伏。

这些都可以与月河无关。与月河有关的，是与大运河一脉的心跳，是抚平伤痛的一缕月色，是关于爱情的一本天书。

在月河之上，月老放牧着人间的爱情。

第五届

"月河·月老杯"爱情诗大赛

月河之恋（组诗）

林隐君

月有其主，河有其所。居于月河的老人
以一河月色悬壶，一根红绳定情
若俗世虚热，当用滋阴，去浮躁，离妄火
若浮生如梦，当坐南朝北，大兴土木
为踏月的女子建一座轻舟的香阁

遥想你我相遇的那年，嘉兴的梨花在开
松竹不请自来，鼓瑟吹笙，唯江山虚阔
你的爱抱着空，与你的恨如此相似
草木向荣，风水不在山川
燕子回巢，卧榻不在故地
而我的情在穿顶，骑着蓝天放牧白云
我所怀的心事则深入谷底
有时诸事不拘泥，有时凡事沮丧如泥
极目处，你有说不出的怀思，我有说不得的恍惚

有大爱必定有小悲，有真欢喜必定有假豪情
斯人安在，那年嘉兴，烟雨楼上倚栏杆
只看到星子的喧哗，全不见我目光的汹涌
只看到我向你拱手的揖别，全不见我枯槁
怀抱一身沉疴，临水观澜依旧不忘逐鹿

此际又不同了，嘉兴夜阑灯明，月桂飘香
月色铺展一寸，我心高涨三尺
有伊人在望水舒眉，有君子在推舟挂桨
当姻为主，缘为其所，我相信浮生当如月河
有良辰给出心魄，可安通向秀水的灵觉
当眷为主，属为所，归途当如我为你建造的香阁
有美景浑然天成，可安盛世清明，这大好的红尘

浮生微醺，天下熙攘，所谓红袖添香，人神相亲莫过于
我们执手的月光下，咫尺天涯，殊途同归
我有针尖之大的野心，你有婵娟之小的素心

人妖之恋

要历经多少年的苦寂，才能不诵往生之咒

山高千仞依旧为一池春水
地陷万丈依旧可云起悬帆，桧楫松舟
要历经多少年的修持，才能离苦得乐
不喝孟婆之汤，还愿的还愿，报恩的报恩
安得广厦千万间，我只爱其中的一小块福地

从此人世魑魅，红尘魍魉，一概不管
长亭短垣，湖光山色，一概不理
只管天涯望断，认领那个叫知音的恩人
只管大道至简，煮人间的炊烟，问津心灵的灯火

为了那个私许的誓约，我也再无蛇的本性
只有雌性的阴柔，和血肉的滚烫
只有一具多少温暖与感怀，都随一江
苍茫和辽阔十指相扣、楚楚留香的原形
藏于你的江山，我的故国

人生无常，情有常，命运围城，爱倾城
上好的姻缘说来就来了
月色下的月老，先于我把常伦推倒
月河是干净的，许官人是干净的
来此间还愿的新人是干净的
沧桑，不过是洗净尘垢后的江湖

洞中称王，不如红尘如寄

身居蓬莱，不如学星宿思凡
此际，我为虫、为兽、为妖已不重要
官人许愿、许福、许仙也不重要
重要的是我们彼此已成为对方的宠物
前世在今生之中，无形在有形之中
意乱，不乱方寸；情迷，不乱人间

化蝶之恋

谁主浮沉，也主不了魂魄的狼藉
心事的如茧同窗三载，且算青梅
十八相送，可为妾意你的书卷气深如汪洋
婉转处，有侠骨如剑我潮涨潮落
翻不尽的浪花处，有英气化匣英台啊
关于爱，我找到了我们自己的教义
既然捆绑成不了夫妻，暴力就不该成为美学
既然我们都是值得为对方托付的痴客
就该合二为一，成为命运的共同体
苟活不如自我救赎，对弈不如让出困局

天心月圆、长风轻送
此夜，月河洗尽嘉兴大半个城头，富可敌国
梁兄啊，月老垂怜，人间丰腴，只应此景
我当有柔情百转

只为秋风秋雨中有旧时骨骼化为的白磷
我当有曲水流觞
只为破碎的梦中有旧时的流萤，居有定所
尘物纷纷，转身无悔
天打雷劈无非是花开痴去，惊醒梦中人
英台啊，你且去，我来也——
先去肉身，让执子之手的人去了苦难
后去江湖，让与子偕老之人去了离愁
此后我们净身出户，与草木为伍，清露为饮
有斑斓的来生缘，以水为照，宽阔于天地
有蝶翅之轻卸下前世的重，抨击于世风
此后为病所累，只找良医，为情所困，唯寻月老
沽名留于红尘，爱恨情仇散于四野
剩下的部分，为破茧后的自由之身，生死相依
天上人间，可歌可翩跹

抱城之恋

那年七夕，嘉兴回到南湖，南湖回到月河
我命中带病，被月河带回人间
我乘舟，挂桨的女子推开沿岸的牖窗、院墙
她的裙袂被星光印染，有些天外来客的味道

我能感受到她的孤独，像一小片一小片掀起的微澜

有来自我积淀多年的沉疴，也有来自她独居的高楼
因而她从不轻易说话，一旦说话
会把浪花压得很低，可看到水草倒伏的身影
像被什么紧紧系住，四处挣扎

那年七夕，红尘疾染，秋风轻薄，我的步履轻浮
她的心跳睡在我的枕旁，像有所思的呼吸
当身形起伏，则像挥动的皮鞭
带有掠夺性和不可理喻性，抽向我的羊群
当羊群四散，我相信这反而让她生疼
她的疼是嘉兴的，是嘉兴的南湖
是南湖的月河惊起了一头豹子
因负痛而撕咬着我的不知所措

我开始相信整座江山都已是她的
可掌管月河的月老不这么想
此处应是天上也人间，千里也婵娟
有我的祖国放养出的一对对干净的新人
有被红丝线缚住的才子佳人，小民大咖
带给人间初始的美好

那年七夕，她的江山被他们折腾得有些顶不住
开始弯曲，抱城，心向秀水
那年七夕，我的寂寞受不住她来自千里之外的引力
开始力不从心，向着秀水弯曲，渐成抱团之状

人间有疾，莫过于此间的抱城之恋
红尘有爱，莫过于此际的抱团之暖

怀抱月河，曲水流觞（组诗）

张　威

一

水路十八里，东流
不必询问。流水的修辞，在成全一段爱情以前
水墨的意象，雕琢时光
人间烟火，在云端

水弯曲，抱城如月，乌篷船延伸的是幡然的心动
捣衣人，将一弯新月浣洗

一条永恒的线路，汇聚的爱情
一半引渡
一半续缘

从桥上走过，素面
屏住呼吸，在念出月色中的第二人称

用深情的文字招安，月河的爱情

这里是月河，请温柔靠岸
余下的时间，万籁俱寂

二

月。在这首诗的上阕，我写道：
天空有穹顶，穹顶上有星星
喜鹊开始颁发通往七夕的通行证

一场爱情之火蔓延
小小的光，是玫瑰色

河。在这首诗的下阕，我写道：
月河，这最后的遁世者，让我嗅到爱情的气味
浸透千年的曲水流觞

爱上月河，就爱上了爱情
对歌。必须动用爱情的词汇
去修补，遗失的片段

三

此时夜幕微合，月亮在梳洗
秋风，吹瘦了时光
中基街，绕过的月色其实一点也不复杂

小桥回环，月色高远，有风，左右摇晃
静水，进驻江南府城
我手持七夕的通行证，与你，隔水而居

月河是爱情的根
步入那棵桂树，一朵花，从树上落下，尘世在灰烬重生
老街打开眼睛，背面住着一对恋人的秘密

时间散着，悬在空中，爱情垂落的气息
像鱼游入，并溅出水花
你在何处唤我？
故事深处，我听见，月河的呼吸，均匀起伏

四

此去月河，有月老指点迷津：或礼行有序
求爱者需轻车简从
有幡然的心动

看那醺风拂过处，有谁可以，坐怀不乱？

预设的影子，摆放经过火锻造的过程，与青天共饮
锦瑟和鸣，也不只是云端
春情的气息，昼夜不歇

且把情愫压紧，侧耳倾听欢愉的春风
且敬一杯月光酒，齐眉、举案
你看中了谁，就把谁打湿

月老是月河的主宰，牵着红线，喂养，凡尘之心
渡你，渡我
也渡，一片春情

渡，余下的半截
看月河，如何春心荡漾

星星，端坐在七夕的坡地
你要怀有虔诚之心，看月光如何穿越肉体

怀抱月河，选择，动情或者沉默
而我，却找不着自己

通向爱情之乡的流水，总是叫我琢磨不出朝代
就像这月老的红线，让我等了几千年

枕你，抱你，你必须学会风流
闪亮登场的爱情，就倾覆了月城

五

一滴水，是无字的经卷，很清凉
心壁的回音，它只属于我，擦亮门庭若市的词语

涟漪是时间的褶皱。爱情的唱词，磨光了石板路
我们相遇的距离，刚刚好！

流水之上，月河是爱的童话（组诗）

陈于晓

欸乃一声，月河悠了

翻动月河的词典，指缝间的桨声
一朵一朵，湿漉漉地跳动着
在春风吹皱的碧波中，画上一只船
便是画舫了。请心上最玲珑的少女
坐在船头吹箫吧
吹出一条运河，再吹出一条月河
把一座一座的拱桥，吹成一枚一枚老月亮
把春花吹得红胜火时，春水哗地蓝了
那听歌的少年，为赋新词
竟把水声，听成了雨声
恰好在雨中眠。垆边似月的人儿
一会儿在岸上，一会儿在船上
十里春风，拂动十里红妆
铺排开十里光与影。梦里水乡，闪过

一袭粉红的衣裳，淡淡相思里
她成了谁的新娘
人人尽道江南好，望春水碧于天
听醉里吴音，一路相媚好
游人只合月河老，白发是谁家的翁媪
船从水天来，一声欸乃，现了北丽桥
月河悠了

你是月河，我是鱼

如鱼得水，如水得鱼。你不是鱼
但你应知鱼之乐。因为你是月河
我是你怀中的一尾鱼
一尾孜孜不倦的鱼。把中基路、坛弄、
秀水兜街，往来穿梭成流水故事里的沧桑
等那些俯身的老桥，在水天一色处
卧成一弯彩虹，它就是鲤鱼可跳的
龙门吗？成龙后的鲤鱼留在了
旧时的年画里。选择做仙子的鲤鱼
嫁入了烟火人家。古庙、青灯、黄卷
当她的书生，生动在晴耕雨读的"读"中

鱼仙子便是添香的红袖了
鱼鳞般的波光，粼粼地闪烁着
那星光是从天河中游来的
虚幻的鱼。那灯火是枕河人家放养的
温馨的鱼。那些有棱有角的石头
恍惚间，是鱼群；揉揉眼，又还原了石头
每一块石头，都是藏着一部哲学的鱼儿
相濡以沫。需要多少水，才可以相忘于江湖
你是月河，我是鱼，简单朴素的幸福
就图相守个朝朝又暮暮

雨巷的油纸伞，撑开千年月河

递她一把油纸伞吧？必须是油纸伞
这么多年了，这亭亭的女子
一直没有走出窄窄的雨巷，和这江南
湿漉漉的烟雨。这月河的某一处
一定还开着一束丁香，散着
若有若无的怨，若有若无的愁
这从前的女子，一定是穿着旗袍的
她包裹着水乡的经典风韵。小巷的尽头
便是月河了，便是运河了
水的眼波一横，映出桃花一簇一簇
去年的人面，还在今年的桃花里

轻轻晃动。顺着哪一条溪水走
还可以叩开，那一年的桃花源
良田、美池、桑竹、芳草，然后怡然自乐
"吱嘎"，是潮湿的风儿
吹开了雨巷深处的小门
绕床弄青梅的人儿，已在今年春上
初长成，她娉婷在月河的封面
她一盛开，便是月河的千年
油纸伞下的月河，真的，不曾老过

月河的月，在柳梢头低语

门窗、梁栋上，木雕或者砖雕的
一对蝴蝶，在暮色中，变作了
相约黄昏后的人儿，月河的月
在柳梢头低语，那呢喃声，就如同
七月七，在葡萄架下听到的一样
天上的人儿织云彩，地上的人儿
织丝绸的嘉兴，也织柳荫下旖旎的梦
有鸳鸯在水草丛中栖息吗？别问我
你去问柳梢头偷窥的月儿好了
水中的月儿，一晃，就潜入了心底
飞入月河的寻常人家。锅碗盆瓢
是居家的交响；油盐酱醋，是生活的百味

古色古香的茶馆，新开在月河的流水上
茶水中，一晃小桥流水，一映粉墙黛瓦
一漾青砖石桥，一铺老街旧弄
对酌，茶浓似酒，当年青春的人儿
如今，已下了一头白雪
那一年提着本子，给两颗心系了
红线的邻家老人，原来是月老
他一转身，隐入了灯火阑珊之中

裹着月河的天籁，溅湿了人家烟火
流水之上，美人如月，如鱼，如月河

流水之上，月河是爱的童话

君住运河边，我住月河尾
秀水一湾，往来穿梭
绣鸳鸯一对，蝴蝶两只，油纸伞一把
放牛郎和织布女一对
似断非断断桥一座，一青一白仙子两名
绣烟雨一川，垂柳两岸
鱼一船，米一仓，鸟语一缕，蛙鸣一串
绣两情久长，相伴朝朝暮暮
偶尔也绣风乍起，吹皱一水春心
也绣情不知所起，一往而深
"其水弯曲，抱城如月。"半个月亮爬上来
咿啦啦，月河是她的梳妆台
水灵灵的月儿，在水中沐浴。几枚水花

前世与今生的月河

厉运波

你听，月河——
那捞起我的，一双纤手——
前世一根水草，今生借水还魂。那些
划动的、悬浮的、推心置腹的
都在修一封闪烁的时光锦书
亲爱的，你在听吗？
像镜子，我对一弯月河的依恋。你推开临水的木格窗
对岸游过来的一尾鱼，身子透光、温凉
我说，你听吧！
廊檐下，水漫过膝盖。身边一些轻的喘息，游离
一河月光，轻唤你的名字
我能感到你丝滑的指尖，正滑过我的胛骨
就在月河之畔
就在今世
你听。我说——
说爱。说一双眼窝，等一个盈满月华的时辰

亲爱的，人间七夕已月圆
我已涉水而来——

水边，我捧起你的脸

有人在抚琴。音色深浅不一
水的替身，传说中的若隐若现。如我
在水边捧出你的原形
河道弯曲，古镇善于追溯流年。亲爱的
我能感到，天空的蓝一丝一丝透过水面的柔软
一种我日思夜想
你清亮肌肤里的柔软
我望见的腰肢，都在水里散步。即使滑行
也捎带动情的涟漪
你不留意的时候，水知道——
无关夕阳，还是入水的垂柳。亲爱的
我只沿着桨声
追溯你的倒影
鱼群游在半空，仿佛一河爱的浮力收留了它们
和它们追逐的信仰
一根弦，就是一弯弹拨的河水。有人
对着河水，梳妆打扮了一番
月河之魅。我俯身，捧起你的脸的时候
一支曲子，正撩起水湿的眼眉

而你正站在身后，一下抱紧了我——

想你在江南

有时候，我不得不暂时停下来
一路青石板，一座弓身的石桥。桥头
站成一柄油纸伞的，那是你吗？
我知道风吹河面时，溅湿的衣袖无法收起。我知道
我又想你了。亲爱的——
江南起身，那烟雨一样抖落的会是什么？
那嵌进小桥流水里的一阕背影，被我轻轻吟哦
是你吗？烟雨的江南，宣纸上的江南，洇湿——
是你，一缕青丝喂养的月河
是我们，守着一弯委婉的时光。一出越剧里抛出的水袖
醉了老戏台
——亲爱的，我又想你了
有风，吹向脸的侧面
一尾鱼跃出河面，像从我们内心取出的水花
抱着我，亲爱的
抱着一弯月河，洇湿江南——

与你相约月河老街

多少倒影，正被流水猜出细节末梢
多少擦肩而过的行人，举着午后的柳荫
你说，河水也有知觉
也是一尺涟漪，正讲述我们缓慢的余生
你递过来的手，有水的质感。我指给你的粉墙黛瓦
在时光的悠长中搁浅、滞留
月河老街，牵手的风景
店铺、茶馆、画廊、乐坊、染坊
一些时间突起，还得往下按
心跳悬于檐下。沿河丛生的光影，更接近一怀爱的喻体
那时，我们置身于一弯河水
刚刚拆开的灵感中
比如遇见，相约在老街巷弄的一个拐角
比如就此隐居下来
在临水的一座旧宅，度过余生
或是我扶你上船。亲爱的，我们不需要桨，不需要波纹
——江南之慢，是一叶荡去无忧的时光
当我们老了，我们还在月河之畔相约。相互搀扶着
把一条千年老街
越走越暧昧，越悠长——

爱着，你如水的发丝

爱着，并温习于这江南水乡、小城、古镇、老街
你如水的发丝
一不小心，就从肩头滑到了我的唇边
念着，恋着。水流过我指间，像躺倒的月河
一直枕着我明净的双膝
世间舒缓。爱着，你触手可及的美——
京杭大运河的水
水里有乐声，弹奏如发丝。渡船是仿古的
每座石桥，都有一段历史的跨度
眼下，月河两岸是一处静听的剧场。整个下午
我们依偎在起伏的剧情里
河水浸染，爱着它挪动的漩涡
前世立下的契约，今生由一弯月河来兑现
爱是一种流芳
在一双眼眸中觅得深浅
波光向晚。当一艘渡船靠岸，安顿了世间喧哗
亲爱的，一道斜阳已拉长了我们的影子
好像我们，就此爱过了一生又一世——

人攥在手心。月河里攒着细碎的银子，一碰就喧响了
就委身了——
像我们牵手的身影，一路提取了它的思绪和倾诉之光
一个眼神，略有表达
便顺势倾心——
放一盏人间灯火，随水漂去
据说，七夕月夜站在石桥上每个人都能望见月河里
属于自己的那颗星斗
而且都对映着另外的一颗
一定有什么，读取了我们七夕的心愿
月下相会，一怀爱慕的细软
亲爱的，吻上你额头的
不是我的前世，就是我的今生
月色刚好，磨洗了河水里那些穿梭之音
亲爱的，趁着月色撩人，将一串爱情信物戴上你的项间
一件水做的，月光串起的银饰

月在桥下，心在月河

月在桥下

月河，今夜月色明媚皎然（组诗）

水 湄

　　月河，前世，我们是被棒打散的鸳鸯，今世，我降于蜀国，而你在江南静卧成一汪河流；钓起隔世的大水，神形相聚，月河，今世，我和你，死生契阔！

——引子

一条河流，穿过前世今生

　　暮色正吞噬你水边的夕阳，你的归翅陷在凹凸的浮尘，打不开天空。

　　月河，我坐在你的伤口，无家可归。

　　前世，我们相遇在美丽的水之湄。沙上鸥，花底鹊，湖畔柳，见证我们吟风弄月的箫笛，举案齐眉的情节；熟悉我衣袂飘飘，如水的妩媚，熟悉你白衣胜雪，朗目如星，气宇轩昂的气息。

　　今生，你仍是我唇边吹哭的一句箫声。

　　仍是我一场飞遁离俗的爱情。

　　有一些关于相逢的词汇，那个深水里的影子，站在内心。生命焦迫，在飞鸟与鱼之间，时光深处，思念燃尽，若是等不到那天，月河，我放飞的白鸽会踏着我的身子，飞向你的方舟。不要伤悲，我死后，最后的一滴泪会化作雨露，让你的河堤，开出花；让你的乌篷船，镀上黎明的曙色。

　　种下一根肋骨，靠近太阳。来年的三月，会闪出一片桃林，挤进春天的小径喧哗，让一马平川的夜，汁液丰盈；让你坐在石头里面，看两岸漫漫的桃花。

　　烟是神的翅膀。那些狭弄深处的繁华，在秋天返回布衣，用最清静的耳朵，倾听你微波里吹出的声息。你看那对鸳鸯，模仿我们描绘过的景色，依次穿过榆树、椿树、柳树，穿过十二孔石桥，在你的河流，牵一缕红线给你，给我们。

此岸，彼岸，是宿命？是盛大的悲喜？

　　十一月了，我的蜀国是烟雨的城，住着我的空巷子，我的半城风，指尖凉，红唇上的哀伤，像白月光。

　　还是喜欢，坐在河流之侧，囚禁，肆意。月河，我还是喜欢遥想你那片天空：天空下的十一月，小桥，白墙，青瓦，石板。

　　雨巷。油纸伞。曲水阶跻。

桨声灯影下的人家。

眼眸藏了鸦的影。天黑与不黑，我都看不见你，你看不见我，三千里阻隔，只能用声音止痛，用月光疗伤，月河，握住刹那的痛，我们不说，不说它的来处，不说花朵的殇。

星子，芦苇塘，白月光，山峰倒扣江水面，晃荡，我的歌声，在江畔，菊花台上，水雾样飘。

天光缱绻，剑门未开，月河，越不过蜿蜒天高的蜀道呵，听你呼痛的江南，只一直一直，让长发，白衣裙，在江面上漂。

扬起一朵白月光。你来，听江水唱晚，菊香，暖了起来。

燃起来，让三千弱水燃起来。月河，火焰之上你心痛的颤音，折叠的影子，也是那个，每日爬进眼窝的爱，每日所爱的那个远方吗？

蝶语离离，风絮飘。那最深情的爱给予我的远方，开在月光下，唯美，像梦托起的一朵白菊花。霜露重了，乱红飞，草曳曳，你的江南，我的蜀国，在一岸，湿漉漉的黑色枝条上，来不及伤悲。

爱你，在最深的尘世

雾，在向旷野散去。我从蜀国来，带着，花香、时光，打开天涯，打开珠贝，慢慢走进你深水里的影子……

我是沿着梦境，前往你这儿的。

一路，泥泞。跌宕。

抵达你的，霓虹。灯笼。幽深庭院。

请，爱我。

在你怀抱，我的温柔似一朵一朵花开；在你怀抱，我的桃花落下来，一瓣，一瓣，慢慢洇开你整个的世界；在你怀里，我的黑头发如瀑布倾泻，丝绸般摆荡在你的臂弯，像开满百合的山谷，那么的恬淡；在你怀里，知道吗，词语、绘画、音乐，都无法表达的眷恋；在你怀里，水，时间，鸟的翅膀，诗歌，停不下来，我的柔软，接住你的眼神，我们的唇在亲吻中度过黄昏。

守住一条河是幸福的。

看着你，爱着你，我们生活在一个寓言里。你是我心灵的寄托与最爱，坚硬和柔软，仗剑天涯，月河，你是我马背上辽阔的家国。

我是你的疼惜。你所有的欢乐，全因为我。你用温情眼眸画我蝴蝶的颜色，画一双飞翔的翅膀，在你时空的水面上翔飞；我所有的欢乐，哀伤，寂寞，全因为你，我用眼睛为你歌唱，用肌肤倾听，抓住疼痛的文字，抽出梨花的泪，桃花的血……

我的翅翼就像一则飞翔的童话，用梦的手轻轻，划过。在初春的梦里，我的翅翼划过水湄划过森林，划过草原、江流、蓝色的山脉，最后抵达你。

多么的好，在你蔚蓝河流，拥挤着浮萍的梦，白莲的灯盏，云在风的头上隐隐地相思，风在我们的头上孩子似的摇着响铃，鸟儿鸣唱，无数的油纸伞鲜花一样飘浮在雨巷；多么的好，百合、杜鹃、蔷薇、玫瑰、紫罗兰、鸢尾、野菊和我们的翅翼在赛跑。

大片大片奢侈的光阴像落霞，我们大片大片的笑漾动在花靥上。

恍惚走神，进入水墨，进入诗经，进入吴侬软语，进入亲爱的你眼眸胸臆间的情深。

吹过来的风，翻译我们各自的乡音，是爱把我送引在这里，这是我眠床上的祖国。

亲爱，头戴爱情的桂冠，我的一生就在这儿，在这儿停栖。

月河，秋

走着走着，便是秋了，深草丛中该红的都红了，一条纯净的河流在原野上飘浮，灵动。站在秋岸一道优美的斜坡上，你深水的影子仍被我凝视。一直活在你的痛里，从紫蝶飞来，从一朵花开到一朵花谢……

噙着九千朵情语，九千朵柔情。听见你的呼唤，忍住泪，我应了一声，月河，你就住在我的那片初雪，我经年深深的爱里。我听见你的声音下着雨，爱情在我们的眼睛里忧伤地笑着，我们的名字泡在一场雨水里。

爱是无界的呀，这空旷的秋回荡着我们的声音，每一个孤独的晨昏，每一个黑暗的夜晚，雨雁飞过，它，记住我们的故事，记住我们断裂的青春。

其实，秋是我所钟爱，也是你熟识的那种况味。时光落下，风静止，我们可以静静坐看秋水长天，云卷云舒；看霭色交织中，我们最初识得的七月那枚火红火红的蜻蜓，还寂静的栖立于叶脉的光影；看一泓秋波中那些早已沉浸于我们生命中的那份默契，那份温馨……

在这秋天，我们可以说出爱，说出这些花粉一样诱人的字眼，荆棘上的花朵，让我们死去又活过来的词。还可以看到前世那只我们跳舞的鞋子，玻璃的房子，听到还在守候着的低低虫吟，看到那稻草人傻傻地站着，笑着，它呀，多像我们心中的爱。

天这样近，星辰这样近，心中发光的词也悄然成熟，就在这秋，我的面颊、发梢、指尖都浸染上了你的气味，爱的气味；月河，就在这秋，站着我和你，一声轻唤，一粒幸福的种子，顺着

一滴秋露安然地回归你的眼眸，你深情的一生。

月河，今夜月色明媚皎然

我已经很久不凝望了，我怕，我凝望的样子会弄疼你。

日子如流水，不经意间便流逝了，我们都活在最纤

细的潜意识的世界里，每一个细节和场景，那振动的可见和不可见，可感而不可感的旋律的波，都暗示出我们生命的深秘。

在一个人空荡荡的日子里，我又把那些诗行，那些流经的风霜，过往的燕蝶，翻出来爱了一次，这是胭脂与落红之间的一场盛世的阔寂。所谓月如钩，美人如玉，剑如虹，所谓春花初雪，都是我们心中虚设的良辰美景呀。人间的悲欢是离了聚，聚了离，是镜花水月。

可是，你的一个眼神飞过，欢乐便复活了，一句简短的话，只要挂在你的唇边，日子便醉了。

今夜，几滴疏雷，一场简短的雨走过，月亮出来了，我凝视着你的江南。在每一个有月亮的晚上，倚着星星，我会看到你黑褐色的，安静的眼睛。就让我们一直这样凝视，隔着那么厚的尘埃。

在遥望里，每一个日子都如同卷帘之人，掩起了嘈杂的世音，静静地让你看到自然呈现的美。一些垂悬的柔软的蓝，一些淡淡的来不及掩埋的花香，依旧在时光深处闪闪烁烁地动着，轻悄地暗喻着我们的另一种生活，于是我们的心帘便又再一次地垂落下那些愉悦的滴答的水声，垂落下全部的惊悚之美。

在遥望里，季节被我们反复地用了1700年，重复它的温柔诉说，一直草枯、叶落、花凋，天荒。我们心中的场景依旧是当年的那一轮明月此时，我们的爱仍旧是清露晨流，新梧初引。

安静地守着永夜微湿的华丽，一灯如豆的思念染我。

月河，今夜月色明媚皎然，想念你，多想静如处子依偎着你。

依偎着你，在你胸口，我睫毛的栅栏温馨成一道柔曼的风景，幸福就这样拧着我的心，你眉峰之下的潮水就这样溅湿我的长睫，你就这样爱我夜夜，疼我宵宵。

在月河，我是你命名的一朵波澜（组诗）

胡云昌

在月河，我是你命名的一朵波澜

梦已搁浅，月河就在枕边荡漾
摇橹的人，不小心弄皱了一个人的梦境
而我睡梦中的一个回眸，就让月河顿起波澜
"其水弯曲，抱城如月……"
我的爱人依水而居，身段像这古街深巷，迂回曲折
我每晚从水里滤出弯月的细腰，为你置换来一身窈窕
月河畔，一个女子的碎步，走出了明月的形状
足音与流水，一路逶迤不绝，弄起一河婆娑
风从前世赶来，将你的今生与来世都吹向了我的渡口
在月河，我就是你命名的一朵波澜
为了濯洗你的身影，我在月河里捏造了一场千堆雪
月河没有惊涛，而你在我心里不停地拍岸
我们把巢落户在月河，用婉约的涟漪
平息身体里一触即发的波澜。人间已经凉薄

或许只有老掉牙的怀旧，尚能善待两个人的暮年

桃花含苞的水边，我种下一个爱人

挽住流年和一个人的渡口，一次次把月河折叠收拢
又一次次摊开一条河流的内心，把你的一叶扁舟一再推
至天涯
枕河而居的我，一次次将月河的三千水声缠在腰间
看月河的两岸，灯火日渐丰满
古时的许多桨声与酒令，至今都下落不明
而一个人的醉意，放生了月河的一朵朵波涛
许我一榻晓风，许我一帘残月
许我一盏西窗烛，许我一滴离人泪
许我天涯，也许你海角
我身披半个唐宋的月色，用月河的风情养活了一个杨柳
岸兰舟不忍催发一个孤单的背影，流水响于断弦之外
宫商角徵羽。谁的旧弦上，五音哽咽？
桃花含苞的水边，我种下一个爱人
以此，救活一个无药可救的春天
爱情开花，爱人结果。只赏风月，不谈寂寞

来世，我仍是你的未完待续

流水掏空了前世，爱情并未水土流失

月河辗转悱恻，时光漫溯含情
我们执手，用一个热吻，收割月河里茂盛的星光
月河上，与孤舟相依为命的一盏渔火
养了一段令人慌乱的腰身，美人仍未迟暮
河水一再浇灌的明月，却迟迟不肯圆满
月河里，一万朵爱正在悄悄归隐
我用一河流水的柔软与宽宥，仍孵不圆那一轮弯月
只要我们不转身，就没有人知道爱情身后的漏洞
月河畔，所有的有情人都心甘情愿
被一条河流独钓，你我都是上钩的鱼儿
迟迟不咬钩的，是一尾又一尾孤单与寂寞
动词开始生锈，名词被锈蚀成谎言
爱与恨都无法一一铺陈。既然说了"我爱你"
就不悔一字。来世，我仍是你的未完待续

在月河，所有的浪花都众口一词

手执月河的炊烟，左手日出，右手日落
宽袍大袖的暮色，将一条河流的美德，笼于袖中
有人取走了流水的回声，而我将爱人的肩头
揽于明月照彻的窗口
顺流而下的河灯，与一个人许下的心愿擦肩而过
隐藏在浪花里的爱情寓言，欲言又止
我只看见月河的涟漪，褶皱成你优雅的裙摆

而你的一个背影，就能让今夜的月色全部凋零
一刹那，人间被用旧，一河流水也半新不旧
一滴，一场大寂寞
身体里有万吨河水，即将涌出
滂沱的泪雨下，爱情这株植物是不是一直风调雨顺
我无法把眼泪，一粒一粒追回眼眶
用你的身影作舟。在月河，渡我一生
一河的涟漪都为你招摇，所有的浪花都众口一词
"一截断肠，总有一寸不悔"

你是这个春天豢养的最美的诱惑

这首诗，就泊在月河暮色渐起的埠头
字里行间，安插了一个人的矜持
预设了一朵浪花的位置，以及一段不动声色的爱情
在这首诗里，我用尽浑身解数
来洞悉你的下一个笑靥。我知道
你的美不轻易示人，像这个春天豢养的最大的诱惑
抽刀断水的人，需要独辟蹊径的刀法
才能斩断一个人的悔意。举杯消愁的人
一杯一杯，咽不下一个人的背影
一个人的身影，被月河的月光深埋
盲道上，我的相思追尾了你的思念
这一起感情的车祸，我与你都是肇事者

这个春天，我想要一场大雪
将白发、月光与大地连成一片，唯有用
月河涟漪拧成的红线还在遗世独立，执念成殇

在月河，我们私奔于山水

这个秋天，我一再被小小的落叶砸出内伤
寂寞浩大，一个人随时在月河搁浅
除了一个人的身影，没有一行诗句可以
拴住去意已决的落日
我将给自己盖上今世的邮戳，寄给你的来生
从这封情书的只言片语里，你可以考古出
一朵完整的火焰
那些文字的小悲欢，不值得效仿，却经得起光阴的推敲
我用十万亩蒹葭织锦。你来，便是锦上添花
否则，在一个人的辽阔里，我只好用孤独追赶孤独
一个怀揣天涯的人，只能独享半只马蹄
一滴泪光可以喂养一匹骏马，在红尘中策马奔腾
那是一种，快马加鞭爱你的方式
让"我爱你"这三个字，一气呵成
在月河，我们私奔于山水。我手提三千华发
陪你风雨兼程，简化三生三世，与你共赴余生
此时，需要一场大雨，为一个高烧的人，淬火爱情

第六届

"月河·月老杯"爱情诗大赛

一条河被一个人独宠

胡云昌

一

一条河，被一个人独宠
河中养着的蓝天，只为一个人虚位以待

这河水，诞生于银河
落草于人间
月河是天堂泼出的一瓢覆水
在尘世，何人能收？

二

被闪电一再磨损的天空，倒映成渡口
一轮明月的阴晴圆缺，早已在此搁浅
月河细腻的心思，像人心一样无法预测

往事成舟。有人疏影横渡
把阴的月，渡晴；把缺的月，渡圆
把天涯与海角，渡成千里共婵娟

三

我就是那个徘徊在河边的翩翩少年
情感的司南，直指辽阔的星空
在那流星雨成瀑的银河，蒹葭茂盛

月河畔，我用一盏与孤舟相依为命的渔火
考古出两个人完整的篝火，考古出一个深不
可测的背影
考古出一个人葳蕤的眼睛

此刻，几朵浪花悄悄压弯了月河的月光
惊散了一群正在河畔露营的星辰

四

月河里养大的月亮，澄澈如水
将一个人的身影从黑夜里，倒映了出来

而我仍然流浪于月河的波心深处
用一朵孤单的浪花，徒劳地开出我的单相思

一尾游鱼搅动的波澜，惊醒了一个人的梦
让我意识到，没有你
我就是这人间最后一枚过河的卒子
没有退路，也无法独自收拾两个人的残局

五

不与浮云为伍。你是刚刚飞出天庭的仙女
为我，放低了空中的盘旋
从天而降的佳人，是月河最明媚的一页爱情插图

天空没有划痕。你翩然而至
用一身的霓裳，羽化了我的时光

我从水里，为你滤出弯月的细腰
用星星，点缀成你眉间的一粒小痣

你一皱眉，红尘就有了苦涩的折痕

六

月河畔，那位起舞弄清影的女子
给水中的倒影，沐浴。梳头。绾发
一尾红锦鲤鱼，在水中仅仅偷瞄了一眼
便误了终身，从此不敢浮出水面

雁鸣声落满了河面。一个女子的细腰
又被春风勒紧了一寸，拴住了南飞的雁行

此时，月河是一阕婉约之水
词语就在一滴水的内部，情窦初开
我从浪花里，读到了两个人的澎湃
读到了我们，已经爱到了巅峰

七

月河畔，一位女子从神话里追了过来
赶上了原生态的爱情最丰茂的时代

草长莺飞的江南，生长的全是蓬勃的情侣

这些相思尚未完全被驯化
有野性，不羁于世俗

此时，在月河，你我都是犯了天条的漏网之鱼
在水草丰美的地方筑巢，出双入对
随小日子潮起潮落，不惊动风和雨
落日煮沸了湖水，炊烟已经煨熟了晚霞
我们用河水交换体温，手握滚烫的爱情

八

亲爱的，当你振翅高飞
天空就一再后撤
你看，我们的爱情多么辽阔
蔚蓝得像月河的水，在天空荡漾

尽管人间窘迫，炊烟会露出尘世生活的破绽
亲爱的，我们要把爱情
操练得像神话故事一样，炉火纯青

九

亲爱的，如果非要离别

迫不得已，爱情被拆迁
我身体里就会有万吨泪水，夺眶而出
我将不得不动用一整条月河的波澜
再一次漫过一场大病初愈的爱情

一滴泪水，可以喂养一匹骏马
策马奔腾的相思，扯起一缕晚霞
就当作红盖头，覆盖两个人的天涯海角

亲爱的，我只要一场大雪
把我们的白发，与大地连成一片
将我的寂寞你的相思，再扩散十万亩
一任世间千里冰封，万里雪飘

十

月河里，有我永远也引渡不回来的毛边月
粗糙的月光，磨砺着一颗思念的心

如今，我仍是一个衣衫单薄的夜归人
身披一河的冷月，苦守那一万年的约定
直到月河，变成一枚小小的沧海桑田

生活，有山高月小的爱
命运，有水落石出的美

月河之爱

张 琳

金风玉露一相逢，便胜却人间无数。

——北宋·秦观

序曲

亲爱的，尘世有毒
我已中毒极深。你用了蝴蝶来救我
你用了玫瑰
来救我，你用了月亮
来救我，亲爱的，这些都不够
我要你
怀揣整整一条月河的浪花，来爱我
那不知深浅的爱
那抽刀难断的爱
多像江南的白墙爱上黛瓦
这真是值得一过的人生

相遇

邂逅月河，每一滴水都是爱的源泉
其实，人间的相遇
早已被流水看得一清二楚
我不是江南的小家碧玉，我只是一扇古朴的门扉
在月亮下等你轻轻叩响
我不知道，人间有没有一座独一无二的花园
可以放得下我的娇艳，也可以放得下我的芬芳
记忆中，你身披月光的样子
像一首宋词的上阕即将遇到抒情的下阕
我们不得不劳烦月老
将我的目光与你的目光轻轻捻在一起
——我相信
这正是世上所有情丝的由来
两个人的相遇
只不过是一个人，终于找到了自己的灵魂
试问，有没有一种美
可以像此刻的月河，懂得怦怦心跳
懂得将人间偷换成天上
此情此景，让星辰都忍不住下凡了

一盏接一盏的灯火，就像我们
情不自禁的话语，在月河两岸发出了羞涩的光芒

相知

有多少春花看懂了秋月的心事
又有多少良辰
变成了人间的美景
运河畔的桃花刚刚开了
就被我们看成了一座爱的岛屿
漫步在风情万种的小街狭弄
几树春风，正悄然拂去红尘的尘埃
有谁知道
一个人的心跳
竟可以被另一个人听成世上仅有的琴音
还有什么
可以比得上一条小船暗暗合了流水的心意
外月河汇入了里月河
月亮回到了月河中，谁说水火不能相容
你捧出激动的浪花
我点燃痴心的火焰，那一刻
无言即是千言万语
只要我们愿意倾听，深情的月河
就会替我们开口说话

相恋

太神奇了，你给我摘来昨夜的星星
我给你捧来明天的日出
我们慢慢聊起古代的爱情
那么多的海誓山盟都已变成了神话
我们静静地坐在窗前
看花开了
看花落了，我们知道
唯有花开最懂得花落的妙谛
两个人的世界
三条街就可以走上三生
十八相送
三十六相送，中基路记住了我的脚步
秀水兜街熟悉了你的身影
在坛弄，我们停下来，默默祈祷
牛郎星在上
织女星在上
请照耀着我们的来路和去路
请让我们内心的光芒
亮成一盏灯，映照着人世朴素的爱情

厮守

让我们在月河相守一生吧
既然两朵心花已经结出了甜蜜的果实

这柴米油盐的日子

又怎能少了举案齐眉的光芒

我们在春天的河边

放风筝，亲爱的

你说你热爱天空的辽阔，愿意做一只会飞的风筝

我欣然应允，因为风筝线在我温润的手心里

紧紧地攥着

一辈子都不松开，你抱着我

要把我当成你

身上失而复得的一块肋骨，我愿意

这样，你痛苦，我就会颤抖

我开心，你就会大笑

我们就像一艘小木船上的两只桨

只有一起划动，才可以行走在生活的水面上

夜深了，我们用青梅煮酒

爱的味道就是这样

要懂得同饮，还要懂得痛饮

这酣畅淋漓的人生

无须羡慕水中的鸳鸯花间的蝴蝶

我们相拥在珍贵的人间

已经让一间陋室变成了天堂的同义词

爱情故事中的月河，还在流淌

子 衣

一

爱情还在流淌。江南的风，在亲吻月光
这夜的温柔，谁在追忆，绣球抛高的那段过往？
不死的，并非是传说
爱情从来没有凋零，抑或枯黄
如同这月河的水，千百年了
依然涓涓涌动，温热荡漾

街巷。还是梁祝相遇的街巷
桥，还是许仙和白娘子相遇的桥
江南的爱情，还在我们的迷恋里芳香
而你依然，从古老而年轻的月河之街
潇洒英俊、才气逼人地
进入我的诗行

二

高高耸立的学绣塔，是在叙述，我们
相爱的每一寸时光？
蜿蜒绵亘的月河，抱城而眠
如同我们，曾经莺莺燕燕地花前月下
佳期如梦啊！相聚的甜蜜芬芳
如何在别后的淡然月色里
冷却它的体温，让它从沸腾的相思
平静到每一个木格花窗的，平常眺望

我知道，好男儿志在四方
大丈夫心系天下
远行的官人，每一步道路与远山
雁影与云霞
都有家国天下的意义和方向

相思高涨。月河也曾沸腾着，多少回忆与向往
可时间难煎，日子还得，在月河之畔
继续延续每一日的天光
锦书来去，春秋替换
儿女们渐次长高

三

七夕秋风，带着玉露，响动着你归来的马蹄
官人，容我细细梳妆，才能遮掩
这一年来的苍老

欢喜溢在眼角，相顾而欢的夜
我们的月河，也在欢悦、跳荡
多么宁静的古街啊，牛郎与织女
终于喜悦相逢于，槐荫树下

共枕而眠。细细诉说，别后的秋色与春光
官人，温热的月河，有我们缠绵不尽的
爱与焦灼而欢悦、而满足
仿佛所有别离的煎熬
都得到回报

儿女陌生，不敢相抱
官人，这一年的光景，你在外奔波、日益辛劳
不怨秋风，不怨春寒，大丈夫的事业
便是小女子的事业
大丈夫的天下
便是小女子的天下

四

再次分离，再次等待
再次相思，再次见面，却是官贬一级、全家流放
官人，仕途险恶，世事艰难
我们的生活，还得像月河，滔滔河水
继续流往前方

流放，就流放
泪别月河，我们带着儿女上路
他乡也是故乡
再远的崇山峻岭，再是艰难地行走流浪
有你，有我，便有生活
温暖的屋檐和月光

一同眺望月河，一同眺望我们的江南
一同眺望，故乡白龙潭、学绣塔
远方的风雨的确兼程，但月河的春光与夏日
仍在我们内心，散发热量

五

重振雄心，继续以清白之心
造福一方

时间不会辜负我们的泪水和汗水
云开日出，乌云总会散尽
阳光，总会在我们的叹息之上
高高朗照

官复原职，重回故里
月河，又是我们想念中，亲切安然的模样
归来的秋夜，江南，又把花好月圆的美景绣在我们心上

青石板、木花窗，洁净的庭院
熟悉的古街月河的每一寸浪花，都在
我们心间流淌老了
眉间的皱纹，鬓间的白发
隐藏了多少世事沧桑

可我们，依然归来如初
月河，依然以温柔可爱的模样
静静流淌在，我们的星月之下
我们的爱情，仍在成熟
仍在厚重，仍在千山万水之后
回流于月河之中，熠熠闪亮……

在月河，与月老共饮一杯姻缘前定的月光

赵　子

　　月河里的水，是爱情的水。水里，有着许仙与白娘子的传奇之恋，有着梁山伯与祝英台羽化的蝶舞，有着岁岁落雨的七夕浮于水面，更有着嘉兴的记忆藏于月河古街的巷陌里……这水，从前世流到今生，流过我的心。

　　端坐于月河石之旁，我的掌心太小，盛不下别离。前世，我若为故事里的一位男子，今生我会让灯盏的花开在指尖，并在不远不近的月下，与月老共饮一杯姻缘前定的月光，让这世的爱恋在岸边的柳下，开出一树的期盼。

——题记

在嘉兴月河，找寻江南的爱情之水

灶画上的荷花落在肩头时，我正站在荷月桥上
看月河的水，从诞生真爱的江南流过
我的掌心太小

盛不下别离，盛不下许仙和白素贞的恋情，这个夏日
我久不握笔的指尖，在浙江的嘉兴隐隐作痛

我是跟着明时的水墨古韵来的，前世
我是否是故事里的一个男子，已不重要
风吹过水面，以往的橹声和民俗
藏于巷陌的记忆
随风，成为后世小说里的某个章节
廊棚河提和粉墙黛瓦的倒影，在河的流动里
如书页翻动那些流传已久的传说，流到月河
就成了爱情之水
并用从前生到今世的缘，在河的唯美处
落款一处圣地的名字

女子是水做的柔情，梁山伯与祝英台羽化的蝶舞
于在水之湄的岸边，守住水
也就守住了民间的爱意
男人是泥做的骨肉
岸边的土，是前世的肋骨于今生
在清代《读史方舆纪要》中，抱城如月并在
情事升起的地方，揽水入怀，守水成珠

退去世俗的行囊，在月圆月缺里找美
一念而及的暖
让我沉醉在一滴滴恋情的水里。这水里

有前生照定的姻缘
有人间烟火的流动，也有古风遗韵的古街
在岁岁回眸的凝视中
在河面上，写下恋爱经典的片段
和久远不朽的丰盈

在月河古街，月光是爱情的颜色

把花前月下的词语在水面上立起来，月河古街就成了
藏在闹市里的一幅木刻爱情版画
我来时
没有带上笔墨，画不出月河穿越明清的色彩
我在一朵水花上想象，红尘的情歌
和百年才能修来的渡船，便缓缓浮现在河面之上

花总开在月圆的晚上
就如灵秀与婉约总亮在江南的指尖
就如传说中的那朵情花一直在人间烟火的水里开着
从前世开到今生
就如月光总是如此地眷恋此地
把月白色的光洒满爱情的河
月光的颜色就是月河古街的颜色。爱的颜色

缘分的水，一直在心上流着。我确信：

月河里的水是爱情的水。前世
我若为故事里的男子
我会在故事里初次相遇的地方
隔着一世的爱意让一树的期盼
在远方的经幡下飘落，而我姻缘前定的情花
在缱绻的时光下，半朵开在前世，半朵开在今生

拨动宿命的掌纹，我确信：
这里，月光的颜色就是爱情的颜色
我在月河的上游仰望流云让前世的尘埃落下
我在月河的中游感悟炊烟让今世的河水缠绵
而当我，试图在下游落款你的名字时
便有《鹊桥仙》里的词语纷纷起身，令月河的水
和前世今生的我，在缘聚缘散的轮回里
在月光爱情的颜色下，渐浓渐艳
月河石旁，我与月老共饮一杯姻缘前定的月光

月河里是否住着月老？枕着姻缘的梦
古时的繁盛
依水而现，月濠或月湄，是你前世的名字
也是一条街的名字，如月，在水与草相接处
把嘉兴城北环绕。而我足下的码头
如静止的民谣
向我陈述一河水的情爱传奇，情落凡尘的绝美

水是月做的光。这个傍晚，月光还没有落下
灯笼便红红地亮在了河边，像红尘传说
穿越古宅、狭弄和街道
像月老手里共结连理的红绳
沿古街的纹路，牵动千里之外的姻缘
就像此刻的我，身在古街，在众多百年老店的门前
在脚下的青石上，诵读前世那些铭心刻骨的文字
那生生世世，有情人情丝凝聚的心结

就在这里吧，掸掸一路的俗尘，月下老人
我在月光石前驻足，我用两世的期盼
等你从明清的小说里赶来，吟一首《月老诗》
或唱一阕《月老吟》
在你的灵鹿车还没有飞动之前
在你手里的红绳
还没有系好今晚世人的姻缘之前
在月华即将升到头顶之际，我们就在月河石前
以月河为杯，以月光为酒，共饮一杯姻缘前定的月光
给世间醉美的祝福，为世间醉美的情感

在嘉兴，月河的水是爱情的水，月光是爱情的颜色
而月河石，就是三生石：缘定前生、今生和来生

爱情，在月河里互为因果

李红春

一

三月。逃进《诗经》。

沿嘉兴顺流而下便是月河。一抹淡韵，稚嫩，却恰到好处，天空飘落的静物一件件浮出水面，被赋予深意。

古镇，词典里，划动着独有的桨声，时光端坐乌篷船头，在慢条斯理中晃动。老屋，石头，河水，一切仿若泊在宣纸上，只有柳风的绿袖子在飘。撑船的人走了，安静像一只乖巧的猫，趴在岸边河水的记忆里，一动不动。

岸上无人，口语，争执，所有的身影拐进小巷，或从半扇窗截取一节短暂的光阴坐下感恩。

静物很静，那些不安分的动词被同化，被水诱惑，一枚枚游进水底。

片刻，画面重新恢复静谧，像那一盆绿萝的外表，

老妇人般坐在街口，垂钓光阴；此刻，盘踞在体内的响声心平气和，如累了的浪花，依偎在月河的怀里。

在蒲鞋弄，就像你我无意中的遇见，互捧内心的惊喜与感慨。清真小吃店，茶馆，店铺摆放，一条小得不能再小的巷子，仿若经年里不加修饰的陈述，包浆斑驳处，尽显厚重。

古镇月河，一双温柔的手，彩绘时光遗址上的明黄，一个变现的江南，我推门进去，寻找阳光没有照亮的那一部分。

二

水绕石桥，顺从，含蓄。

阅读。一种快感，它只属于月河，任由渴望信马由缰，就像这谜一样的窄窄小巷总能寻到爱情的方向。

比香樟叶多一枝的思念，在岸边舒展，怀旧，滋生眷恋。还记得你我，安静写诗，涂鸦，雕刻不为人知的秘密。

月河坊。神赋予莲，灯，锦鲤，一盘清凉的新词。一群麻雀，杨树叶似的从屋檐落下。

此刻，我是一个心胸狭窄的女子，只能容下你的微笑，撑船划过我窄窄的水巷；此刻，被折叠多年的忧伤，迎面或者转身，都让我心生惭愧。

不过，在嘉兴，时不时会出现有别于北方的轻风，

呢喃吹过，像一杯乡愁，仿若我时常口服的阿司匹林，平息体内多余的杂质。

三

石拱桥还在酣睡，我脚步的缓，无法喊醒千年的静。一条河，时常把饲养的白墙，黑瓦，碎云喊出水面。

不过，廊棚释然，善用修辞的风，唱腔古韵，悠悠然然，对于一条河的描述，词牌清清凉凉很多时候，草花只是点缀。

一只年轻水鸟游过的仲夏，线条流畅，我没有把这些告诉水里的草虾，几株荷花，比不上河水弯曲的腰身柔美，更多雕窗、飞檐在顾此失彼的年华里，依然岁月静好。

时间平平仄仄，京杭大运河与月河，曾经不为人知的身世，犹如你我的初恋，时常和我的主动脉在左心室交汇，以古老的方式相亲相爱。

四

夜风，吹皱一河月光。

江西会馆，嘉禾水驿，躲在暗处的府城旧貌修葺一新，走与不走无关紧要，黄昏里的月河，为我单选一幅月夜江南。

柳枝低头，哑然，临水那把木椅坐听水声，我掏出的一捧思念，知道是你又咬了我一口。

夜微凉。明灯，点缀。那些门庭若市的词纷纷游进水底，波纹处，瘦下来的喧闹发出均匀的鼾声。二楼，木窗虚掩，夜揽月河。

我确认自己属于月河。疑似细雨蒙蒙，青石板泛起神秘的水痕。云拨月。传说从一个故事飞出，那些古老的词风起云涌，陪历史走在颠沛流离的路上。

此时，想象属于多余，与一幅水墨月河媲美，浮想和假设都成了赝品。是谁蘸着月光给月河写信，这年龄相仿的两个词哦，为何总是令人怦然心动。

夜又深。一切都显得内敛。

站在码头，思念摆渡而来，古色古香的门楣，那个人拈花穿过我的身体。哦！像多动症的夜风疼痛难忍，随即，左手那杯夜色溢出杯盏。

目光醒着，一滴月光潜入，落入民间的夜风医好病症。

在月河，面向北，用暗香心疼一个人，呼吸叠加，两个夜夜牵手的软语，耳鬓厮磨，互为因果。

在月河，用一盏波澜去诠释爱情

王太贵

一

悲欢和神秘，终于卸下面具
一条河弯曲的时候
才能想起一生中耽于爱情的假设
当流经石阶的时候
才会腾出被模仿的双手
去为一张窗花整理沧桑的面容
窗棂上镂空的花格在月光中
为命运重新勾画了图案那张熟悉的笑靥
将要在一首爱情诗里被一只蝴蝶取代
阁楼上沏茶的女子着旗袍
一道褶皱，暗示了爱与被爱
从此，走向了漫无边际的遐想

二

一段草绳，系住了粽子尚未说出的情语
却对月河的波澜，没有丝毫把握
我不知道，当粽叶被剥去的片刻肉粒和糯米
是否会袒露更深的隐喻？
有人佐糖，有人佐白酒
我坚持一道波浪的辩证法，在夜深人静时
穿过嘉禾水驿、五芳斋和金葫芦乐坊
把饱满多汁的夏天，搂在怀里吟唱允许古老的月河
为新生的爱情代言
允许在天空的倒影下，将呼吸提高到一首诗的首联位置
河风擦亮了船桨时间的滥觞
为爱而生，却不为爱露出伤口

三

誓言来自七夕的树梢，月老拨亮了蜡烛的芯
却在回眸的瞬间，发现了姻缘的破绽
江南多爱情，传说刻骨铭心
一块香囊恪守针线缜密的思路
如果要让一幅水墨画来描摹粉墙黛瓦
灯笼发出的幽暗光芒一定会让画面，放弃拘谨的想法
黄昏来临，我的朋友要跨过两座石桥去寻找画像馆

那里有无数遗忘的眼神通过铅笔的构思
重新找到回忆的线条星星的浮标
被证实是一则谎言除了月河，还有谁，可以借我明镜？
借我一纸古典的相思，去造访失落的故居？

四

含恨而死，虚构的悲剧
只需要一笔，就勾销了万古忧愁
蝴蝶飞翔的瞬间，世界最大的变化是
断桥篡改了身世，瀚海置换了流年
湖心上的情侣，留下桃木梳子
窗外，可用于谋篇布局的雨丝
越来越稀少，不妨折柳、焚香
在月老前跪拜，经白龙潭，绕城下……
幸好，我们的生辰与八字巧对天工
我们可虚度的良辰，等同于
漫长等待后，可以观瞻的美景

五

择一地天荒地老，其水弯曲，抱城如月……
在堤坝，我看见一只蜻蜓娉婷在荷花上

仿佛思想凝重的哲人，不摇摆，不振翅
在虚无和想象之间，雨点加入到对历史的抢修中
荷月桥弯曲的弧线，慢慢接近告别的仪式
当我们在青灯下掩卷，谁能代替戏文
依然挚爱着南方的剧情？桥北块沿河
饮茶人围坐小桌旁，其中一定有我
失散多年的朋友，灯火阑珊处
流光的月河，更适合作为插图
出现在我的旧诗集里

六

葡萄熟了，书信到了落款的时候
月河备足了涟漪，从我的发际线开始一圈圈战栗
桨橹暂时忘记了划行的姿势
美人靠上，芭蕉垂首的影子，像极了
世界背面，伸过来的闲笔
返乡的日期一再推迟
蒲鞋弄茶馆，一杯茶延续着水袖不能
延续的梦幻，谁能左右一阵风抛出绣球？
信纸在折叠的地方，陷入了痴迷的单相思
每一天都用于计算归期银簪穿过咖啡的浓香
银河不该为爱情献上墓志铭般的誓言
你举起的酒杯斟满了泪水

饥馑的唇上，抹了甜蜜的毒

梳妆台，纺锤丢下寓言，月河收回了背影
并用一盏波澜，去诠释爱情
作为永久的邮戳，我的心猿意马无处藏匿

七

我从夕阳下的金色信封里
抽身而出月河在身后
为我清瘦的背影修改不合时宜的旅程
我放弃了渡口任一只孤舟来回穿梭
心中怀有恩典的人他的一生
都乐于在织布机上碌碌无为
蟋蟀聚集在葡萄架下，发出的窸窣声不断拉长
一个人的忧伤，整个秋天大地沉浸在
爱情的渴望中，绕月河而行人生的碎步
屏蔽了多少困难和悲情发黄的信纸
能交出所有的幸福，但哭泣除外
纷飞的鸿雁，能喊出所有的希冀，但命运除外
古筝上的弦，墙上的钟表
在曲终人散的时候才想起自己的台词
竟然比爱情更加忧郁

八

在灰烬中遇见新的诗行，仙女们在清洗

第七届

“月河·月老杯”爱情诗大赛

月河情笺

柳文龙

一

斯时斯地，必须要卸下一身山河，满心尘埃
在月河的明眸善睐中，身披晚风，追忆似水华年
光阴荏苒，日已偏西，一抹夕阳在遗址上
盖下鲜红的邮戳。再也投递不回青春了
河水欢欣，闪烁着跳跃的光影
游鱼如心脏，总会一下一下
撞击着湿漉漉的往事

谁在一河月影里踟蹰。垂柳与河水对话
打捞不起沉淀的真相。光阴如鸽子一般
翩跹而去
唯余我们。叶子发黄，枝干已枯
那些鲜艳的果实，孤傲的花朵，不装饰我的篮子
后花园里，亭台楼阁，花红柳绿，只姓人家姓

只唤人家名。我空有瘦笔一杆，三千情丝

采撷一朵浪花簪在鬓边。临清照影
所有桃李岁月一刹那间，都已回归
它们来至月河
缝补千疮百孔的躯体。左一针
缝一缝为赋新词强说愁的少年；右一线
缝一缝人近中年的断雁与西风……
整座尘世顿然轻了
卧于肩头的烟霞暮霭顿然重了

风吹涟漪，一层新波纹代谢一层旧波纹
掀起又一轮春花秋月
雨声淅沥，大珠小珠落月河
它们点缀月河的脸颊，流光溢彩

身后红尘一再退却
油纸伞下，红衣姑娘徘徊水畔
脚步脆响，茂盛的相思，日益疯长
宛如绿色植物遍植两岸。河水不言
一个人的残缺，足以让一条河流圆满
红绳系带，河水为酒，在月河之畔

谁愿与我一起歃血为盟：将永远交托往后余生
从此只愿半生月圆，半生花开
而不管真相是
所有遇见，其实都是另一种离开
所有凋谢其实都是另一种绽放

二

来到月河边，就会成为流水的一部分，成为
清澈的偏旁，洁净的部首。这把晶莹透明的梳子
逐一梳清尘世的纷乱。星星都数得清
身后事，一粒一粒湮没于清水之中
还有什么能比河水更柔软，比爱情更柔软
比恋人更柔软。怀抱着幸福的水珠走向明天

反复将一个名词擦拭。此身是形容词
鱼是，垂柳也是，过往行人也是
一些飓风曾咬啮过它的恬淡
一些冷雨曾打击过它的宁静
时而江南水墨画，时而绮丽水粉图
霜来，它自波澜不惊，雪来，它自揽其入怀
月河时而是慈祥的祖母，时而是年轻的少女

一个人在月河边，把一个名字唤得风生水起
它缓缓飘过春天的田野，四野清荣峻茂

牧童骑于牛背，炊烟浮升蓝天
月河这根锃亮的银针，逐一缝补残破的人间
连缀遥远的姻缘。破碎的眼神，枯萎的眼神
捡拾起绝望的落英，花朵回到枝头
鸟鸣归于树巅

掬一捧清水，洗去满脸时光的履痕
只有月河，这一剂古老的中药汤，才能疗愈孤独
乡愁，无尽的悲凉
只有月河这一剂沧桑的中药汤
熬煮的有当归，有半夏，有枫香脂
有雪上一枝蒿

这剂中药汤，还兼有春花秋月，夏云冬雪
同时配有花好月圆，莺莺燕燕，馥郁芬芳
一条河不慌不忙，就活在农历缓慢的光阴里
晒太阳，浴寒霜。从阳历中打马而过的人们
背负着青云鸿雁，春风得意
一条河看淡云卷云舒
轻盈与缄默，足以丰富此生
在船上，在码头，在水中央
它打开窗，露出人面桃红，度化月迷津渡之人

月河是一封悠长的情笺，所有水花
都是一枚枚汉字，说不完的情话，道不完的相思

它所书写的内容，终究被有心人收取
嘉兴的月亮贴上邮票，嘉兴的太阳盖上邮戳
此后，所有阅读都是一种生之欢欣
那些读信之人，她的明眸和头顶的晴空一般明亮

乌云散尽。所有积攒的情怀
在星空下如芙蓉清新
荡涤一空。我只想在月河边一再停留
拥抱那些无主的野花，淡泊的水草
江山阔大，远非我们的囊中之物
一个渔翁，一网网把尘世收在篓里，他倾尽一生
没有打到想要的鱼，他的一生反被时间一网打尽

河水静默着，并没有太大风浪将往事推远
岸边人，始终与月河相差半生距离
谁在月河水波潋滟的镜像里，梳妆打扮
可惜那青丝已白，那容颜已变，那腰身已弯
而她爱着的人啊，也鬓已星星了
空有这澄澈的月河，满怀情思无限，将人影湮没

夕阳斜射在河水之上。相思让天涯路远
枯藤昏鸦，是一幅绝版的背景
万物萧瑟，寒冷砭骨入心，也抵不过爱情的冬天
任由房屋与炊烟一再腐朽，衰败
野草是旁白，一茎一茎诉说心声

草籽遍地。发出小小的呐喊，为一条河树碑立传

我还是要重新说爱了。一条河流
一直是我想要的模样
我要它埋葬旷日已久的苍凉
一条河流，借助一场邂逅，投递给我一封情笺
以嘉兴作封面，以月河作内容，以垂柳作书签
在月河情笺里，读出万千风情
也许用尽今生才能读完
另一些阅读者，有的已抵达，有的还奔赴在路上

月河，在一面神秘的镜中讲述爱情（组诗）

白翰水

月河浓时，情更浓

她从大宋来。她写下月河的诗章，写下父子
以及失去了故国的丈夫
白日焰火。有情人梦中相见
有情的天地，擎起一轮亘古长存的月亮
铁轨擎起壮烈的山河
她爱她的大宋，爱春景里
一朵初开的桃花
而我爱她醉酒时的独白
我爱她字里行间高举的故乡，爱她心里的桃林
不知是否烟花易冷，我在北京的湖畔
遥望江南的月河
或说时间在柳枝上沾染灰尘
或说她的诗里

桥下流动着光阴的故事
情到浓时，生离死别都是小事
月亮上的胭痕，是一晚思念构成的玫红
是去年的雪压着今年的雪
桃花在纸上盛开
爱恨情仇格外分明
家国情，也在纸上蜿蜒
如同春雨，写下一片树叶的脉络

必须记载的清欢

我忘记的事情，好像也是大宋
月光照见桥下的木船，慢悠悠的，像是无情人
我对她的爱，在涟漪中叠起纯净的历史
我对尘世的爱其实才刚刚开始
风吹来，有一些声音在散去
比如化蝶的梁山伯与祝英台，比如白蛇和许仙
他们都在尘世的故事里
而我在我的故事里，爱得深沉，温暖
又多了几分烟雨
我爱的月河，整个夏天都是这样
有炊烟，有骨血，有风筝飞起，像夜里的灯笼
摇动着却从不下坠
过去的事当然不会重来一次

野性的心思，常常被陌生的波澜推动
有一面神秘的镜子，映出我爱的人，我的名字
以及生命中明亮的部分
月河是有情的，是多情的。月光照亮的云霓
像一品红，像房檐下飞来的鸟
树叶落在它的翅膀上。和它擦肩而过的我刚刚流过泪

忘情，才是最深情

又一夜。又见流水向东
年代的沧桑在镜中复苏成杯中明月
我爱的人坐在一株莲花旁边
莲叶上落着一只蜻蜓
它盈盈的翅膀，扇动着，像一场雨
穿过尘世的思念

心灵愈合。伤口却仍是流落在人间
一尾锦鲤的颜色

烟火盛大的故事，属于我
但不一定属于我们
爱情属于泉水
我想知道，是否有一个人在时间尽头
像我这样念着她的名字

那是古老仪式的开始

是一幅山水画里，摇曳的松枝
骑着白马的少年来到将军府
他要迎娶的姑娘在另一个故事里，敞开门
等待故国重现

这人世间的坎坷啊，何以解忧？
这人世间的尘土，如海上花，漂泊着归来

阅读流年，在一条映出我们样子的河里
爱情总是那么短
相爱的细节那么长。捞起梦的影子
那些曾经蒙昧灵魂的事物
像一袭白纱遮住照片中的我
爱我的姑娘，点亮蜡烛
她和我说起傍晚时
她蒙着双眼在时间的碎片中
画了我们相遇那天
半圆的月亮。半圆的银河。半圆的诗句

我爱她的全部
爱她和我相见恨晚的谈话
爱每一天
前世或今生。一夜又一夜。不可说的秘密

因果轮回在旧的雨中
我想知道有什么器皿可以盛满它们?

我爱的人那么多
故园的清欢。小小的蜡烛
你爱我的名字,亦爱我们的屋瓦
有一面镜子
映出月光。月河映出的身影,平静而温暖
我想到她一身素衣
想到相爱者无须畏惧破碎的雨和波光

最深的多情,是无情
而我在不经意间,开始忘记,并且回头

笙箫以默

低沉的歌声,是我看着她的那一夜
灯光里淡淡的小楷
白色的墙
围拢白色的月亮
白色的丝线牵动着命运

凝视我。少年行。多孤单
她曾爱着昨日的我

也曾爱时间留下的考验
垂柳支起的梦境中
一条陌生的街道,我和种桑的姑娘
隔着星空相望

她说起莲叶,舞蹈
她像一只猫那样轻轻地跳舞
她说每一个灵魂
都存在相守的可能
走上月河一角的石桥,我们说起爱情
一场梦。一片云
清明的微光中,水波摇曳着

她说深爱便是不弃,而我选择不离,不争
一圈圈月影荡漾星河
烛火荡漾人家
如果有人点亮一盏灯笼
她追寻的事,自然就会变得真实

她说起去年,夏末
爱情像一根烟。明灭。起落
潮水在纸上汹涌
她挑起夜晚的风雨声,像猫的舞步
在薄雾中
那是很慢的颜色,纠缠着生与死之间

两个人不可更改的凝望

我喊她的名字
背景的灯笼低了许多。风吹着树叶
月河像一面镜子
映出心思。旋转的往事
像是另一面镜子
猫在院子里梳洗，它低头，穿过舞曲和我

爱情诗

环抱一座山，环绕它的名字
绿意，茶香

七月初七是生命的另一端
月河对面的灯光，如同眼角的波纹
看着有些沧桑

是谁在挑动我的心弦？
又是谁从逝去的花瓣中认出那年那日的她
仿佛每说一个字
都会像喜鹊，鸣叫声里暗藏悲欢
说一声珍重吧！
七月的风声在锁骨中。我望向窗外

一条木船，正在南湖漂泊
它如今转头，看尽了浮生百态
爱与被爱都是抽象的，是静默的
如烽火连三月
我和她说着悄悄话。我在梦里
倾听她的梦
人世的烟火太过完美
有时候会令人忘记爱情。而爱情常常是流年
相遇时回眸，各自安好。太平洋的不惊
凝成了文字里真实的性情
真实的爱像猫一般，柔软，蜷缩着
说出世界的尘埃，床前橘色的光
与月河里流淌的明媚呼应

我知道那是
另一个不得不写的句子
一些事物倒映其中，说不尽
原本是相依为命
伴着胡琴的节奏眺望远方，故乡的云
飘来时很轻，离去时如同记忆，带走尘埃
一棵柳树越来越高了
超过凝视它的月亮，超过我写到的月河
今夜无眠

另一个我，正在回到理想国

而爱情回到有七色光影的房间里
我正在阅读命运的扉页
第一行，怒放的马
在时间中回望，那首写给自己的雨
落在树叶
和音符的罅隙中

爱她，便爱她的全部
以诚相待，以宽厚慰藉灵魂的缺口

细微的事物仍旧细微
我在爱我的人间点亮了火把
月河映出它的灼灼
朱漆。木门。赞美诗。候鸟遗落的鸣声

今夜，我对着镜中空旷的事物书写
旧月亮和新月亮
爱情多么孤独
一粒沙就是一座佛国
我和她在梦里，我们回到撒哈拉
回到双鱼座
在驼铃声中传递的风雨
似乎不会落在人间
而月河更静了，像一首诗，触摸体内的年轮

在月河，蘸着月光草书六十四行情诗

右手江南

一

这一条抱城如月的月河
怎么看
怎么像银河的一条支流，从天而降
七颗星星隐在河水里
对应着爱、恨、情、仇，以及
幸福、孤独和恒久
如果爱情有发源地，我情愿让它
落户月河
白鹭的翅膀藏着浪漫
水中的游鱼衔着唯美，就连清风都想
驻足中基路，风一吹
两颗相爱的心
在月河，就上了一把同心锁

二

亲爱的，月河这么美
为何不让牛郎和织女在此相会
他们不来，我们就去月河安放两颗忠贞的心：
一颗属于流水
一颗让风吹成露珠的形状
圆润、透明，像一个古老的乐章

是的，情话我只说半句，另外半句
便留在《西厢记》或者《红楼梦》的书影里
我对你的爱就像书中的一副对联
上联缥缈着银河的浩荡
下联荡漾着月河的柔顺
横批则是坚如磐石的守候

亲爱的，在月河，即便只是粗茶淡饭
我们也要把相守的日子
过成一个美丽的传说

三

蘸一滴月河的水，在你的掌心
写上：爱
一滴清凉，从掌纹的脉络开始
向全身蔓延

月河的水，渡我向前世的缘
与你相遇
那时，相思是另一条月河——盛满月光的河
我的目光与你的目光相遇
空寂的灵魂，便从你前世的凝眸
打出一眼井来
亲爱的，我看见一只喜鹊
从白色的月光中，飞了起来
左边的翅膀是你的梁祝化蝶
右边的翅膀是我的白蛇许仙
而佛灯前那两根缠绕的灯芯，是月河
将我俩相爱的影子，拧成
人间的山盟与海誓，地久和天长

四

多么幸运，能与你相遇

你和我的缘分，就像偏旁找到了部首
墨迹找到了纸张，月找到了河
一池河水
用久别的温情升起江南的明月
今夜，你与我并排坐在河边
像下凡的两颗星辰
牛郎星和织女星
我们的爱是如此深沉
以至于，一缕月光，都不能插足

五

也许我，穷尽一生都不能给你买
大一点儿的房子
室是陋室，爱是真爱

知道你喜欢玫瑰，我就在房屋前后
撒上爱情的种子
让我们做相思树上的两颗红豆
你守着天涯，我守着海角

在月河，只要两个人相爱
陋室就是，最美的天堂

写给月河的十二封情书

晚 舟

一

亲爱:

此时是一月，大地料峭，北风凛冽的冬夜我裹紧棉被

在月光下想你

我不敢大声说出，我对你的爱

只有远离人群时

我才躲在角落偷偷地想你

我不敢告诉你，我害怕黑夜来临

不敢在地图上看一眼江南的这条河流

我曾是怀揣了一条河的柔情啊

在途经的每一个地方

都要亲吻你，脸颊上的红晕

亲爱，现在是一月

我在遥远的梦境之外，我与你隔着千山万水

我知道，你的故乡正在落雪

原野被厚厚的大雪覆盖着

我知道拱桥边的那棵柳

因为，与燕子的分别

而有些萧瑟了

可是亲爱，你知道吗

我在黄昏时，摇响了一只风铃

我借着悦耳的铃声

偷偷在想你

我喊你的名字，用爱的音色

唤你——

月河，月河!

二

亲爱:

时间过得真快，转眼已是二月了

我还在整夜整夜地想你

我不可避免地想你，像一条逆流而上的鱼

极力想靠近大海

我每天最快乐的事，就是拥有

这样一个时刻，可以全心全意地想你

只有这样的时刻，我才忘记了

身体的疲劳，把你完完全全地想上几遍

我喜欢这样的时刻

雨下在黑暗的窗外
我在想你。我多想来到你身边
撑一只小舟，为你摘来天上的星星
在你的梦境里
我轻轻吻你岁月的痕迹，唤你乳名
——月河
敞开心扉，把我最柔软的部分
都给你
让你知道我对你的爱，有多深情
亲爱，谁也无法取代我对你的爱

从心底里掏出来，狠狠咬下一口
一只蹁跹的蝴蝶
飞过来，围绕着你
久久不愿离去
它停泊在你心上
那样幽静，淡然……
仿佛，我对你的思念，在皎洁的月光下
一点点暗下去
又突然变得明亮起来
在古老的月河上
银光闪闪。
在轻柔的晚风中
摇曳岸边芦苇

三

亲爱：
燕子飞来时，我站在一棵柳树下
桃花开了，去年栽下的樱花
也已鼓起了小花苞
我途经一条河的时候，停下来
看了一会儿落日
我把一颗滚烫的心留给你
在你身边，我看见有人
推开窗，看一轮明月照了一条河曼妙的身影
多少个夜晚，一个人漫步
在月河边，把思念的果子

四

亲爱：
人间芳菲落尽时
我心底里的花才刚刚开始
我的内心多么葱郁
我爱着这样的季节
把一颗心的跳动，当成你的心跳
在暮晚的时候，我挨着月河
坐着，那片绿草地

盛开着未命名的小花朵
我想你时，浮云聚散
鸟群飞过天空
瓦蓝瓦蓝的天空呀
多么好看。我坐在绿草地上
看蒲公英撑开一把白色小伞
风吹，它就飞起来了
多像我此时的心境
我想你时，你就是我的月河……
亲爱，我想你时，月河
也会轻轻唱起歌谣

五

亲爱：
余生我只想一次次靠近你
把我的生命
融进你的生命
我们一起看花，一起看月河
我愿为你捧出落日中的金霞
在傍晚，唤回一只迷途的归鸟
当整片天空都暗下来了
我愿为你提一盏灯
走在中基路上

我们彼此相拥蹚过漫长的夜色
那些枫杨树的花絮
自我们头顶纷纷落下
从中基路一路走来
我们就真的白头偕老了
一想到此生
我们没有错过彼此最好的时光
就觉得幸福油然而生
你的韶华，天真烂漫
像一块磁铁深深地吸引我

六

亲爱：
我该如何表达，我眼里的那轮明月
我倚在窗前，听星空下虫豸的嘶鸣
六月了，我怀揣的热情
像池塘的莲，盛开了饱满的花朵
我把每一个黑夜都赋予了一腔思念
我爱一条河的蜿蜒曲折
河水静默，流动光阴里的两情相悦
即使，隔着茫茫天涯
我也要夸父逐日般
追赶上你

带你回到故土之上
在那里，我们隐去姓名
不问世事
用一条河的姓名代替彼此的称呼
我喊你月，你唤我河
我们就此日出而作
日落而息吧

七

亲爱：
现在我可以写对一条河的抒情了
两岸的灯火，照亮一尾鱼
奋力游动的身影
我笃定，一个漫长的夜晚
众荷喧哗，整条河
会浪漫起来
谁在用一千七百年的时光等待
撑一支长篙，向梦里水乡
前行。故事里的哀怨
和缠绵都落下了厚厚的灰尘
我举头望着窗前月
她的圆是一种功德
她的缺是一个人对另一个的思念

月河茫茫，无论流向哪里
都是一次爱情的皈依
从初夏开始，我就一直站在岸边
看一个季节的感性——
草木葳蕤，流星拖着尾巴一闪而过

八

亲爱：
第一枚树叶枯黄，第一阵秋风吹来……
我的脑海浮现了层云百结
我靠着傍晚，独坐苍茫
我有太多的话，要对你说
但又欲言又止
我看着一条河哗哗地流淌
岸边，一只孤独的鹭鸟
张开了翅膀，它的羽翼丰满
随时都会飞向天空
这使我感到有些茫然
在傍晚，我们都是河边寂寥的事物
我对着河水发呆，残阳燃尽
天际的篝火
我的心静如止水，一遍遍倒映
你的模样，你的笑容

由远及近，像一轮傍晚的落日

九

亲爱：
这是一个始料未及的早晨
薄雾中旭日东升，鸟鸣高过了
天空的白云
荒原之上，绿草茂盛
我赞美一天的开始
在江南，我始终对一条河
情有独钟，那充满青春的河水
流淌不息，我爱它的温柔
使一个人的思绪空旷
从月河古镇缓缓流经的秋天
告诉我，爱一个人
如何从卑微中变得饱满
我有写意这一河碧波的豪情
只待月下花开
从爱情中折一枝鲜艳的玫瑰

十

亲爱：
人生圆满的路上，布满了荆棘
我一再向往的，也不过是浮云下
宛如，月河晨昏时的静谧
今生我真的爱过了，对一条河
一轮明月，也对江南的似水柔情
我不再奢求，亦无所悲喜
当我向着一河之水
表达我的爱恋，我已知晓
这人世有多么的沧桑
此生，我只愿意
蛰居江南月河之畔
听一对鸳鸯
在深夜，相向而鸣
如果我在书案写下一些什么——
"我经过的每一天，都是对爱的不断重复。"

十一

亲爱：
我在月河岸边，看见很多树叶坠下来了
海子说："秋天深了，王在写诗

在这个世界上秋天深了。"
那么多的落叶飘到月河里
纷纷投之于世界，这让我感到迷茫
像一个小孩，急需要拥抱
我沿着月河一直往前走
我看见，中基路上的行人
匆匆而陌生的脸
我看见，午后的光阴
拖着一把长长的扫帚
在一寸一寸缩短我和世界的距离
我还不明白怎样
把一颗飞上云端的心
拽回地面
亲爱，秋天真的深了
我的相思，日益严重
像一枚落叶，那么轻，那么单薄
需要慰藉

我爱你，也不过是一年中的十二个月
一天中的十二个时辰
浮生不过是转瞬即逝的一场梦
我爱得那么深沉，也不过是星空下
一颗星子，悄无声息地发光
在冰冷的黑夜里，闪进你的世界
亲爱，如果你在梦里
看见一条流淌的河
如果你看见满天的星星
在你的头顶闪耀，你一定要仔细地辨认
亲爱，你一定认出
那条叫"月河"的河，它源远流长的爱
是我对你倾尽一生的
追逐和抵达

十二

亲爱：
一年不过十二个月，一轮生肖不过十二年
我知道的不过十二星座
我拥有的不过十二个时辰

寄至月河的八封情书

申飞凡

一

廊桥软语开满了魏晋风流，怀揣月河的波光
在嘉兴的信纸上
不停地添加文字的缱绻与香醇
漾漾雨雾中，湿身的月河像一首安魂曲
用宫商角徵羽谱曲，用鸟鸣填词，字字珠玑
总有一枚爱词搅动着横空的疏枝和微漾的河水
在月河，阳光再多一分都是奢侈
泛滥的诗藻纳千秋声色，被暗涌的河水独宠
字里行间芳思叠加，爱意辽阔。雕栏玉砌不再矜持
和盘托出牵牛星的前世和今生
一袖春光就能与苍天齐眉
水洗的葱郁，让爱情亭亭如盖
正被蜿蜒的月河慢慢放倒，仿佛一切挚爱都已融入
月河的水光潋滟中，静谧而深远

二

鸟鸣成捆，我手持嘉兴的名帖
赴这最后的邀约
"水面宽阔，满足了我对爱情的想象"
河水轻拍
告别昨天的仇恨与阴影
让白蛇的爱恋悸动月河的眼眸
我愿成为河上的涟漪
水润的骨骼里有苍茫的爱意
那不可计数的爱词，仿若帆船点点
与月河相拥
方言绵柔，水掷的绣球，会抛入谁的怀中？
途经的古桥狭弄，或连通爱人的前世今生
或用青苔旧巷省去彼此苍老的过程
鸟声沿着瓦当坠下来，吟咏着月律的精魂
爱情的果实都掷地有声，前方的画像馆
无数情深的回眸，将一生的爱意在月河
归入京杭大运河时，流得荡气回肠

三

一块金华酥饼，让我回忆起某个夏日晚霞的形状
举重若轻地刻画月河的有缘人，仿佛一口下去

就会泄露我们爱情的秘密，混合着月河曲水
怀中的爱意一波比一波柔软，这俗世之爱
足以填满整个月河，鹊桥相恋
西湖邂逅的爱情长章
似一只乌篷船，荡起的微漾，让错失良辰的鸿雁
活色生香，窗棂雕栏处，爱情捷足先登
木质的玫瑰也在为月河的醋意，添砖加瓦
红袖添香，曼妙与婀娜成为月河的代名词
成为爱情的潮汐，漫过嘉禾水驿
五芳斋和金葫芦乐坊
共同翻开嘉韵画廊的情典册页
三千油墨恰到好处
没有一分颜料显得多余，不合时宜

四

月河，宁静致远。白云总是对蓝天依赖，像尘埃
散落在月河里，任爱情生生不息，用旧的皮影
还在重复上演旷世绝恋
在月影和灯光的助攻下
把体内沉默于爱与被爱的字词
重新搬移到人世
只需抱城如月，觅一处古亭，相向而坐
我们就可以重新在漫溢的光河里

占卜月河的生辰八字
从山盟海誓到地老天荒，用断桥滞留一截衣衫
月河就会涌出汩汩的情话
句读出天籁里的平仄
对镜贴花黄的小楷，葳蕤的倩影，复活的蝴蝶
飞往七月树梢，途经月河时，红蜡已被时光拨亮

五

在蒲鞋弄茶馆，可以省去繁文缛节
只消一盏香茗
我愿代替月河做你永留的港口
把整个春天扣留在
月河拐弯的地方，暗香从一阕宋词里溢出
穿街走巷，任由红肥绿瘦成全段段爱意。月河
用白石潭立字为据，将所有的爱聚拢在掌心
贴在离心脏最近的地方，让月河走通人间的
经脉。简车缓慢，古筝暂歇，黄昏在裕染坊
稍作停留，织染女眼眸中，风烟俱净
从天际滚落的云朵
把她的笑容一如既往地拉长
在月河，夏天的雨，偏爱星光的隐退
也偏爱墓志铭般的誓言

六

在那些遥远而明朗的午后，月河上驻留的白鹭
是一片息落的云，我只能落草为寇
延长我与月河的风花雪月。我柔软的一生
终将在月河拥有瓷质的沧桑，道道开片
与河中的荷月桥弯曲的弧线对应
都是爱情的憾然
与月河相遇，就像遇到能与我相互咬合的齿轮
星河影动，轮回千年。红尘变幻
卷着一缕爱意与缱绻，抻开凌乱的诗意
月河的马匹，带着汉唐的风声，在石桥倒影里
读懂流水的寂寞
"路遇的山水，不肥；迟到的天涯，不瘦"
竹器店里，用一片琴音偷渡来生
去做庄生晓梦的蝴蝶，望穿秋水
在月河的波光粼粼里
任性地翩跹，时光沿着月河的脊背蜿蜒
赠予我亿万年的宁静，结一世爱恋

七

要收集更多的天光云影，作为我们爱情的封面
我书向鸿笺，未着一字，折叠成一纸小舟

被月河水浸染，流动的墨痕
就是我们的生活情调
你吟诗作赋，我琴音附和，过渡了时间在月河的流动
京杭大运河从未失约
把自己九曲十八弯的爱意
统统给了嘉兴，全部倾注在月河。在月河街区
每一块青砖黛瓦都被月河独宠，濡湿的瓦当
已开诚布公，让一阕苔藓
淌成嘉兴的一颗美人痣
俘获幽深的弄堂，有时我们的爱恋更加晦涩
比长长的弄堂还要深幽
仿佛只消一盏轻柔的穿堂风
就能把月河情爱推向高潮，戍守风花雪月

八

憧憬往后余生，再次走进月河
我不知道粽子店里的
肉粽是否会像当年那样黏牙，现在牙齿松动了
越来越难咀嚼爱情的甜粽
拆开束缚青春的草绳
肉粽和糯米上有月河流动的声音
记忆里的小幸运，已在风尘中打马而来。透过
洒落在嘉禾水驿木桌上的阳光，折射给陈旧的我

压在箱底的玫瑰干花心猿意马

误读着我羞于说出口的那部分

日落西山，摘一串葡萄，然后回到临河的木屋

漆黑一片，我想还是拥有两个小木屋吧

我要让月河做我们的红线，牵着我们

坐落在石桥的两岸，用同一个心脏跳跃

用同一条河生活，未曾谋面，却已是红颜知己

此去月河，爱情是你绕不过去的选择（组章）

张 威

春衫薄

樱桃挨着樱桃，是我去过的三次月河。

第一次，是想象。坠入的诗句，波光在前。避实就虚的一缕春意，就系在流水的弦上。

第二次，是亲近。在认识你之后。栀子花，开了又谢。穿蓝印花裙的女孩，先于我与你隔河，久久对望。

第三次，是目光。水面有旋涡，有花，有轻舟，有月色下微波荡漾的温柔。

春衫那么薄，星星那么凉。

爱是一个归所，所有的美，都在此落脚。患上的相思病，它只有一个地址，可以抵达。

月河，月河，拥着一个出壳的灵魂。

小情诗

月河，月河，水中一个圆，凭感应相通。

蘸春水，折柳枝，写一阕"其水弯曲抱城如月"的小情诗。

当我写下：江南、小河、古桥的身影，联通心河。狭弄、旧民居、廊棚，它们从未因我的到来，有过丝毫的变化与增损。

月河，月河。是实，还是虚。花香是新的，一群喜鹊，比我更懂得月河。

有光合中的完美。比如青梅竹马，就是月河的一首最美情诗。我把爱情的词扛在肩上，去拜访七夕的月河。

头顶，悬着的是昨夜的星辰。

此去月河。一行洇过的水墨，在涉水的彼岸。

你在，我在

此去月河，访旧友，探故人。

江南府城，历史街区聚集着一群写诗的人。锦瑟在怀，流水低回，清澈的，透明的，我们聊以慰藉的风月，还在。

一行相思，藏着光阴里的故事。骚人们，总是一根筋，他们喝酒，谈论女人。谈论花样年华里，断裂的修辞。

有人刚刚抵达，有人正要离开，有人还在写自己，臆造的主题词。

比如：梁兄，英台妹，两只蝴蝶，红与白。

比如：久违的许仙和白娘子，还在断桥上相会。此刻，我正当少年，揣着钟情的词。

你在，我在。你，藏着怀春的曲，去了更远的远方。

风载琴音。月河埠，泊着的茶香，酒香，花草香，忽而相拥，又忽而相忘。

燕子飞

风载琴音，斑驳的学绣塔，还在修行。

河埠蜿蜒的秀水兜街，月光兜兜转转，又一次给它镀上一层银白。

弯曲的巷子，如明清的炊烟，袅娜着唱出昆曲的古色古香。最痒的位置，在"坛弄"深处，藏着九曲蜿蜒，世俗的爱情故事。

燕子飞。骑河楼，美人靠，临河高挂的红灯笼，是酒吧的幌子。而巷子太瘦，妖娆在灯红酒绿处。中基街，一头挑着月河桥缱绻的波光，一头串着北丽桥上的花鸟虫鱼。

蓝印花，是江南鲜明的酒旗风。

三河三街，三绽其口。

越来越接近的乌篷船，划出了想象。任你，信马由缰。

兰舟渡

越来越接近的乌篷船，牵着我的步履。

陡立的灯火，还在月光的边缘。不慎抖落隐语，路过的人在青石板上留下的脚步声。是亲人，是友人，还是爱人……

或者标识，天上人间。

青藤爬上了窗台，影壁上的人影交错而过。我们活过的一刹那，前后皆是暗夜。月光打开小桥流水，水乳交融的窗口。

有七分月色，罩着水月镜花。

戏台上的红娘，带着月河的解药和迷魂汤。

一根供着的红线，是月老抛出的，它系着月河缱绻后，省略的旁白。迷局中的想象，一路摇晃，你知我知。

一叶兰舟，来往穿梭。

春水流

一叶兰舟。导语，交汇水路十八湾。

上升的、萦回的、弯曲的，对等的距离，入溶骨的水。春水流，你隔开的是此岸或彼岸，等一尾鱼一跃而起，在月河里翻身。

隔水，隔雨，一年复一年。

一袭红嫁妆，一杯黄滕酒，一盏新焙茶。

绣花楼里的一扇门，还未打开。你轻叩门环，光影的注脚止于咫尺。留在边缘的呓语，如此安静。一念起，白云穿越的尘世。

今夜的箫声，在深处醒来。摇曳的分开，打开的合上，为你聚散，为你离合。

多么好呀！你在天上飞，我在地上追。

娘子，你从也不从。

红酥手，在疼与不疼之间。

红烛高照，要凿出月河，爱的图腾。

春闺梦

红烛高照。迁延的梦，还留在月河的今生。

晨光熹微，映着流水的腰身。那些投放枝节，玄机在月河的渡口，船就泊在岸边。盛放的饱满，搁着月河的爱情。

给你的，以文字为装饰。拱月般的弯桥，流水的小蛮腰。

给你的，青梅竹马，少年嗒嗒的马蹄声。

给你的，罗裙沾满情愫，以百曲回肠，写春梦了无痕。

给你的，时光煮酒，你要把它喝成，雪月风花；喝出，地老天荒。

你，忍住呼吸；你，微微地战栗。

青鸟

你，忍住呼吸，躲在月河的背面，破题。爱过的，是正当年的人。

你，掏出月光，星星和黎明的物语。

你，解开春衫的第一粒纽扣。你解开的风情，不在天上，不在人间。

在月河，梦的破晓处。思念说不得也，归期问不得也。

得，是寸肠；失，为寸心。月河，是唯一的旁听者。只言片语里的爱之蜜语，细语轻言低声呢喃。揣着世上，唯一的月亮。

一只萤火虫的光，你，可以用上很多年。

一只青鸟，叽叽喳喳，它们在月河，唱了几百年。

观月河，告白后的煽情。

观月河

观月河，于临水人家。你和她，撑过的一把油纸伞。

观月河，于美瞳里张开的深情。月亮的水袖，留在皓腕上的一朵缠枝莲。

观月河，于酒后。你醉与不醉，都有可做的春梦。

观月河，于花前。那些含笑的，开着的眉，都是我不在场的附和与信物。

观月河，流水，欸乃桨声。

吴侬娇语，水色波光里的爱情诗，不信邪。

如梦令

吴侬娇语，藏着喜欢之心。合二为一，可成一段缘。

心有千千结，不做任何补白。

月河，以一条爱情的水路，轻呼。转折处，有对称的口型。寸金消散，看我们如何折腾，复活体温。

美人，还是美人。

如梦令，再一次生还。流水十八里，顺流而下的，是爱情之词。

那些接踵而至的，唯有爱情，

才能划破你的手指。

弯曲的不是我，春心在春心之外，东边用来日出，西边用来云雨，行云也流水。兀自开着的是天上人间！

彼端，藏着月河的波心。

她，没回头。"你两手空空，你已获得圆满。"

第八届

"月河·月老杯"爱情诗大赛

月河，你我的浪漫主义

赵洪亮

一

尝试浮想，并试图打开一条河的深情。

宣纸上，有蝴蝶两只扑闪着月光般的翅膀，为我讲述前朝的往事，今生的厮守。

是的。喜欢雨没有理由，喜欢江南的雨，喜欢月河的雨，喜欢夹着一把油伞在南宋的街头拐进月河历史街区。

而我的白马恰好就在河湾，遇见一只白鹭驮着翠色飞过，遇见你我的思念手牵手——羞涩而又浪漫。

阿春，我必须在那张宣纸上写下你我的对白，没有修辞，优雅屏蔽所有的比喻，一滴阳光的澄明，安静在你的额头，十里春风也就罢了。

二

一转眼，亲爱的时间浮出水面。

那些青葱的词变得微黄，就像杭嘉湖平原的稻浪，就像树上的黄杏儿即将倒出小身体内甜丝丝的方糖。

风的抒情，在字里行间写下鲜衣怒马，向日葵，玫瑰，点缀几枝内心甜美的满天星，其实，这些都不是你需要的。

牵手的路上，唯有染了月河那些缠绵的词，才是一尾鱼相思的病根。

三

阿春，我坚持认为，在异乡依然能听到彼此的心跳。

就好比昨晚，一条河流趁着暮色赶路，仿若你我的思念在渡口望眼欲穿。

就好比，那天我在中基路接到电话，知道你多喝了啤酒，为了那份执着，为了那匹插翅的白马驮着我们的未来。

又好像什么也没有发生，一朵桃花的午后，三月在河面上失踪，只是内心的河面清澈透明，岸边，那片油菜，纷纷交出迷茫的证词。

四月，不再过敏，花开的速率，还有时间的流速，好像一下子慢了许多。

亲爱，这份思念让我变得敏感而又抒情。

一次次走进月河临水而居的香樟林，躲在一棵树后，截住你浪漫的红裙子，深吻气息里扑面而来的柔情。

四

湿漉漉的午后，优选坛弄一扇木窗，在月河听雨。

月河街区就在面前，优雅的雨丝让我想起了空巷子，想起一把油纸伞，想起你我掌心依然温润如玉的旧词。

此时，布帘子一个人懒散在窗口，杯子里的沉默相对无言，雨水不紧不慢，像慢火熬制的时间，构思一味中药安抚情绪的脚本。

月河听雨，听内心的半亩方塘微雨飘过，听水线里荷叶的心跳，时间把那朵乌云挪了挪，落在布艺沙发上的光阴肤色真好。

茶点一块都没有动。

我倒是喜欢比对茶叶与溪水秘制的口感，修改过的时间慢条斯理，很像在巷子里雨风摩擦出来的白色声音。

我相信了，玉兰花一直开着，坐在对面的你优雅漂亮，一如菩萨点化后的长寿花，而你点一炷紫罗兰香，让泡在瓷杯里的口感明媚酸甜。

愉快撑伞走过，发呆的词一枚枚窘迫在瓷盘剥开果仁。

月河竹影虚掩处，有人模仿你我的故事，在浅紫色的碎花伞下和爱情牵手走过。

音乐继续流淌，安静在左右的青花瓷，或者是小摆件，多像我欲言又止的爱人。

不过，这一切，都比不了捧着你的微笑舒服。

五

夕阳闭合，黄昏贴着黄昏，桂花挨着桂花。

风晃动夜的水纹，一只秋虫在花丛前举棋不定。

隔岸运河，与浮起的一轮明月，水柳，掏出黑色的瓷瓶倒出河水，浓缩的黑一寸寸稀释月光。

想起你，懒散的翠叶子都是多余的。细节沿着月河岸行走，两尾小鲢鱼时不时泛起激动的水花儿。

变暗的水，朦胧异样，半透明的夜色，你我仿佛被月神写进了隐喻诗最抒情的部分，牵手，拥抱，像两只赶路的夜鸟比翼双飞。

在月河，夜晚合拢翅膀，睡在九十九朵红玫瑰的身旁。

月光虚掩的木窗，几只夜虫分三次吹奏月光曲和声的乐章，低声部的鼾声，或者荷叶举起的右臂，随手绘出一条河雅致的霓裳。

我一直在树下坐着，等月光洗净气息里用旧的词根，等月光羽毛一样落满月河。

　　内心的蝴蝶和雪豹蛰伏在暗处，香樟树下，坐等浪漫主义的旅行置换一杯甜丝丝的夜色。

七夕，在月河相约

夏　寒

一

今夜。月牙儿，弯成了月河。

你和我，在两岸。

我在这边，你在那边，相望。

谁也没有找到一艘渡船。于是，河里的浪花，滚动成了思念。

那是你的思念推着我的思念，正如你

推着我的思念，滚动你的情感。

我的思念，如浪花滚滚。

播撒在你的心扉之上，比喻成你流露的心事。

你的思念，裹着我的心事，向河堤涌来，如同你扑进我的怀里。

与我，紧紧地相拥。

二

你在河对岸。

月牙，照亮你的红晕的脸庞，你的娇羞乍现，唤醒了我沉睡已久的心。

你的思念，在发酵。

我只有借着月光，感受你随着波浪起伏的变幻而变换的情愫。

我睁大眼睛，看着你。

你诱惑了我诗歌的意境，正在向你迷离的眼神延伸。

你的眼神里，充满期待。

我不断挖掘你那隐藏的爱，截取了你眸子里流淌出的含情脉脉。

三

我的等待，在燃烧。

月河的姿态轻盈盈，一如你漫步时的碎影。

你难得一见的娇容，在我的心尖上停留；你的到来，加快了我心跳。

风，趴在我的心上，似乎在悄悄告诉我——那些爱的秘密。

你的告白，从低吟浅唱里踱步。

踱出，抽刀难断的爱的神奇。

哦！月老，悄悄而来。

他，划着一条小船，原来正是七夕天上那弯月打造的月亮船。

来到我的眼前，被赶着的浪花，点燃我那团痴情的火焰。

那一刻，惊喜就是我的万语千言！

四

邂逅月河，水的柔情如你。

相遇，终于使我找到了自己遗失的灵魂。

你我，同船渡。

月河畔，火红的特写——

一枝红玫瑰花开了，领着一片红玫瑰开了，九千九百九十九朵开成了一座爱的岛屿，开成了你永不停止的心跳。

你的心跳，与我的心跳撞出——爱的烈火！

浪花，孕育我的无限遐想。

尘寰里。我把你的惆怅，一口一口地饮下。

你的矜持，融进了我的夜晚，融进了我浑身的每一个细胞。

小船上，我只想静静地看着你，看着你羞涩的模样。

河水，滚动着你绵绵的柔情。

拥抱你，那是七夕匠心独具的手笔！

五

七月初一，月缺。

正如你，打开了我爱的那个缺口。

七月七，月儿扁。

恰恰是，今夜月老为你我划来的渡船。

船，已靠岸。

那一刻，激动渗透到我的每一个毛孔，情节如梦。

今夜，我醉了，一如你醉人的芳菲。

你的沉醉，是我渴盼已久的时刻，我轻轻撩开你的面纱。

原来，你就是我羞涩的新娘。

今夜，就在今夜。

对，就在今夜，让你我互诉衷肠吧！

在这样一个难忘的夜晚，让夜掀开你的红盖头，把永恒着色。

你，灿烂如霞。

哦！你是一杯浓浓的烈酒，我饮上一口，就醉了。

在今夜，你栖居于我的灵魂。

你将相思河畔散发的幽香打碎；我要用一生把你珍藏进心底。

六

你，心中写满的日思夜念。

在我的渴盼中，酝酿出爱的抵达。

今夜，金风玉露一相逢，就像是一种虚幻的存在，如同久远的神话在我们的生活中彩排。

我，翻开你的梦。

你的情，吐露的悄悄话，滴进了我浓浓的爱情诗句里。

闪烁着，晶莹。

我抚弄着你，你那传世的风情，在七夕夜里扩散，不断地扩散……

今夜，你的美，凝固成了永恒！

七

晚风，掀起你的面纱。

原来你，酝酿的情思，燃烧了我火热的衷肠。

晚风，捻成的话语，牵着我救赎你我这一世的情缘。

大地，沉寂。

隐秘，亲吻着我的肌肤，如梦似幻地朦胧铺开。

当我，捧起你的心事。

古老的诗歌，从此浸染了我的梦境。

流淌着月色的河流，摇晃你投来深情的目光，蘸上了时光浸染的旧情。

一半是火热，另一半是滚烫。

八

河水，撩动心旌，不能自已。

你半掩羞红，粉唇扬起。是谁，在今夜泼墨？

我屏住呼吸，你最香艳的一朵花开，内有火焰生辉，外有火红的玫瑰妩媚。

月河，我的月河……仿佛岁月织就的幔，罩在月河上。

哦，七夕，原来这是月老赐福给你我的——一个特殊的节日！

这个节日。

当我延伸的情，紧贴着你的悄声细语跋涉过你的原始。

我灵魂深处的飓风把你挤压，化作一腔热血，把你喷薄成七夕独有的色彩。

然后，去轻轻抚摸那条从黑暗通往春天的一路花径。

你深不可测的腹地，冰消雪融。

破壳而出的欲望，闪耀出了神性的光芒。

九

月河，是爱情河。

月河，奔腾的河水，浇灌我们一生的爱情。

波光粼粼的水面上，写着我们的前世今生。

你虽不是七仙女，但你却是我爱情的发源地，更是我的爱情归宿。

河水，把爱滋润。

月河，让爱在我们的心中，流经一生。

今夜，借着月色。

你我在青砖黛瓦构筑的爱的小屋，同饮一杯七夕的月光。

小桥流水人家，让你的似水柔情藏进我深邃的诗韵。

正如我走在小巷的青石路上，月下弄弦浮动出芳菲。

此时，拨开云帐，烈火燃烧，燃烧我的激情。

在你身上，我终于

找到了通往一生一世的幸福。

月河，从画屏里游出来

梅一梵

一

月亮，从画屏里游出来。

从月河微微翘起的嘴角边醉人的酒窝深处游出来。

蹄声嗒嗒，环佩叮当，清澈的水袖，沿着波光潋滟的良辰和美景，沿着把枝丫的犄角，悬垂在水上的粉红色花萼，涓涓流淌。

左手拎着外月河，右手拎着里月河。

游过北丽桥，她惊怔了。望吴楼上的西施，把皎洁的身段，荡漾在长廊，短亭，雕花的涟漪。

杨柳岸，杏花春雨，瞬间黯然。

杨柳岸，杏花春雨，等你身着青布衫子，奇迹般落在桥上。

清明落了，谷雨落了，你显然没有来。你仍旧没有来。

没有你的月河，仿佛去年春恨又起，所有的桃花都无法羞红人面。

没有你的月河，人独立，欸乃清瘦，油纸伞下的绣鞋，无法蹚过三月的相思。

二

月亮在水里，缓缓流动的样子。

拐弯抹角的样子，半推半就、欲迎还羞的样子。

很迷人的。

像小满时节，荷月桥把圆圆的相思，弯弯的惆怅，凿成一首清雅隽永的民谣。

像梅雨天的秀水兜，瓦檐下迂回婉转，平平仄仄，没完没了的雨帘。

荷风吹来，你从桥上过，蓝印花布的竹篮里躺着粽子和甜饼，衣襟上别一瓣月亮。

你没有踌躇，没有迟疑，也没有抬头看我。只顾将睫毛垂下，眼帘垂下，青丝垂下。垂到柳叶儿低眉颔首的心事，垂到粉墙黛瓦的轩窗，斑驳的墙根下覆满青苔的小木船，垂到落满梧桐花的巷子口。

甚至更低。

更委婉，更淅淅沥沥，滴滴答答。

仿佛这个夏天，是江南月色下，翠色逼人的，深深弄、高高墙、重重瓦，是唐兰故居雀鸟呖啭的小天井，蒲鞋弄茶馆里又清又凉的等待。

时而阴晴圆缺。
时而柳暗花明。

三

七夕的船舷，载满月光。

摆渡的人，摇水而来。

河的心事，在月亮的挑逗下，恢复了水的野性，水的骚动，水的湍急的柔波，按捺不住的心跳。

七夕的月色，吹拂小桥流水、楼台轩馆，也吹拂花前月下，怦然心动的一对玉人。

月光水银一样流淌。

水银一样流淌的月光，在许仙与白娘子的伞下，泛起层层涟漪。

月河顾不上抬头。

月河忙着涨潮，忙着划桨，忙着把寂寞深处的静，波光涌动的静，缠绵悱恻的静，从背后拦腰一抱。

一坛桂花酿，被水做的江南，一不小心打翻。

一壶相思酒，被情窦初开的你，逮了个正着。

月河羞红了耳垂，暧昧的气氛，就这样漫上来，漫上来。为了成功坠入苦海。连夜赶来的红灯笼为你引路，两三朵水声为你导航。你过桥，下船，上桥。

鹊桥的船，顶着红盖头，被流星雨从天上送下来，倒扣在月河上。

情是相思深井。一支羞答答的玫瑰，绾青丝，手执团扇，盈盈而来。别在衣襟上的那瓣月亮，被身着青布衫子的少年，惹得发烫，发红。

四

三千白发，在水的慵懒的水袖上，渐渐冷却。

我们的流年，像桐油漆的门，褪去红装。

昆曲里吴侬软语的水磨调，翘起兰花指，凫过重脊飞檐，骑楼水阁，从桥洞上的三个满月里逃脱，沿着过街楼的打更声，沿着画廊、乐坊、皮影戏的鼓点，来寻你。

廊棚静悄悄，雕花窗静悄悄，河埠头静悄悄，一串爱情的念珠，不知不觉，遁入繁华。

月亮坐在石桥上，把凉透的风花雪月，从笛孔里吹出来。银瓶迸裂，雪染月河，一支梅花斜倚水面，在铜镜里点胭脂，画朱砂。

仿佛梁山伯与祝英台，是一种修行。仿佛掬水弄月，花香满衣，是蝴蝶的前世。仿佛爱情的折扇，从来不曾出入过你的怀袖。

雪簌簌落。

又大又圆的月亮，将我们淋湿。

又大又圆的月亮，在举案齐眉的铺首门环，白白地空着。月河，从画屏里游出来。

时光唯美，月河惊艳

柴 薪

一

最好的时光和爱情都在这里
最好的爱情故事一直藏在月河里
白龙潭云蒸霞蔚石头凛冽
学绣塔氤氲着千年文脉
大运河拐过古镇入了凡尘
月河中蕴藏了多少人间的烟火和秘密
酒盏上轻落月色，稻花里吐出酒香
人淡如菊，面影掉进清澈的月河里
在水底，找到了丢失的自己
我是一条锦鲤，游回到你的深处

二

扯住一枝杨柳的枝条
回来，回到月河岸边一块还没凉透的
青石的身旁
听听它内心的纹理和波涛
回来，回到一条河水的怀抱中
回到源头，回到一朵云的故乡
故乡和远方，是爱的两头
一个回不去，一个尚未到达
有人离开后就没有再回来
有人用一辈子等待与他们重逢
却不再相逢

三

我来到南湖，踏一踏月河边向晚的台阶
像是从尘世中找回自己
青砖黑瓦上传世的月光很旧很旧
像退出星空的脸庞
我真想蘸着月河水
在桥边墙角的芭蕉叶上
一点一横一撇一捺写下
千年的愁绪，我是来客亦是归人

四

这里是闻名天下的南湖浪漫月河
亭台楼阁，曲折宛绕，唯美惊艳
河边杨柳青青，河中藏满星斗与灯火
一壶酒把我喝醒
在壶沿上登高望远，远处有最近的你
沿酒杯望向你的方向，你的脸洋溢着爱意与热情
在梦里，每一丝风每一朵花每一条小船
每一盏灯火每一颗星星都是杯子都是伊人

五

把爱情还给月河，把月河还给爱情
把喝空的酒壶再盛满
酒壶中藏着百年潮音
琴箫余音不了，运河边端坐着
看眼前月河如书卷如史册如云烟
好像从一场大梦里醒来
在一片看不到边际的水域里
有一朵浪花，有一段红尘
不知成为被谁所推敲的章节
心胸开阔，穿过安放大地的家园
你有河流一样的自由

而我就是那月河中的一滴，浪花中的一朵
璀璨唯美，灼灼惊艳

六

月河弯弯曲曲，河中浪涛拍岸
每一曲都像一段乡愁都像衣袖一闪
都小心地斟满装不下你的心事了然
把酒杯端平，举高后从低处敬起
有多少往事，从酒杯中泛起
有多少泪水，从河水中回流

七

月光和目光洒落在月河两岸
喝一杯酒，写下一句爱的诗句
喝一百杯酒，写下一百句爱的诗句
喝下整条月河，能否写下所有爱的箴言
日暮与乡关，风起与云涌，江山与美人
月河上的烟波，你的美丽与愁绪
恰好与我的心情相迎
一场浩大的春风里我来看你
春风十里，我不如你
却让我爱上尘世所有渐渐收缩的背影

月河爱情正解（组诗）

梅苔儿

曾经沧海难为水，除却巫山不是云。

——唐·元稹

遇见你

约等于遇见我五行中独缺的水
飞鸟和鱼在光阴的两岸
写下烙印灵魂的诗句
金为衣食，木为秉性，火为涅槃，土为息壤
水为源源不绝之爱——
干旱经年。我的爱情罹患自闭
只容得下一瓢饮
你精通灌溉术
典当所有细软，盘下整条河流
——搭救我

指纹记

——自此山高水阔
我们冠以花鸟或虫鱼的姓氏
成为一湾碧水的主人
之前的身世，闭口不提
在这里，水不叫水
叫唐，韵律缠腰
叫宋，词牌覆面
叫清，平仄裹身
叫民国。穿靛蓝花布衣衫的妹妹
有垂柳的细腰。给一幅白描
提供了走动的水乡元素
且待我用一段唱白
唤出皮影戏里炊烟袅袅的村庄
且待我摇外婆船。听取蛙声，轻嗅荷香
与三千枕水打成一片
且待我取出你的刺青，胡荏，火焰
最后验证成功的指纹，去识别
伊人沿水泽布下的蝴蝶，草丛，峰峦和山谷
指纹摁过的小局部，不是火山就是冰川
不。分明是小阳春的桃花汛
自此，月河和我们一起
进入秘密而持久的发酵期

和声记

陷入一本泼墨的线装水谱
河流著本草为裳，佩戴楚时香囊
就生出软糯的醉里吴音，就生出五芳斋香粽
彩蝶从东晋飞至，追逐水云间
我轻唤：梁兄，英台
在南山。它们已交颈千年
这一场风花雪月的情事。蓄谋已久
月老的红线正虚位以待
白墙黛瓦，乌篷船，三眼桥
我原是对面浅水中浣纱的女子
你是摇橹唱渔歌的小阿哥
我与你对唱。一张嘴
檀口吐出半个小江南
摇橹声与浣衣声交织荡漾
三千水声渐弱。低低，低低
几闻不见
天地间安静得只剩下，你我
爱的和声部
像一曲《梁祝》，弹奏满河按捺不住的小抒情
涟漪，是水与生俱来的象形字

流光记

将典当了千年的倒影从当铺赎回
码头柳树下，回廊茶馆旁，水阁戏楼里
我们相依相偎，倒映何处
已无从考究
应该随瓷器，纸张，丝绸。游走过远方
又循着绕过山岗歇脚低谷的云烟。回归故园
等河畔桃红柳绿
等田野中麦青花黄
等钥匙打开锁孔。析出一条水路
向空茫的人间不断延伸
双桥互为瞳孔，两两对望。早已
洞悉了对峙而又圆满的百态
那时，你捕鱼，耕种。我养蚕，纺织
我取月河水洗米。你取水中星月照明
金质，瓷质，绸质
都抵不过一段朴素的蜡染时光
流水多情，一直在模拟
那种可盐可糖，又折又叠的技艺

倾斜记

中基路，坛弄，秀水兜街

我的反射弧那么短。一眼千年
老码头应该还记得
转手出去的桂花状元糕，火腿，黄酒
在何处安身立命
而我诗歌中的兄弟姐妹
依然颔首低眉。织土布，编蒲鞋，打竹器
时光舒缓，如同初见
慢慢走。两颗心跳
搏动于同一条曲线，起伏着一致的频率
陪着月河，流淌，迂回。起承转合
一道终老
而此刻
木房子，远山，天空。都倾斜在水中
我的倾斜毫无悬念——
不偏不倚。落入你的怀抱
世界多小多安全
每一种倾斜，都有出处和入处

爱嘉兴的三千桂子，十里稻香
也爱河岸灰扑扑的蒹葭
多像我们为情写下的飞白书
白得千头万绪，白得毫无内容
风一吹，它们抱头
厮磨，缠绵，哭泣
这才是一条河流授予我们的烟火爱情
——"执子之手，与子偕老"
余生，我是月河街老药铺出品的
一粒缓释胶囊。一不小心
把你爱成了我唯一的病人

烟火记

星辰有轨道，万物有定规
月河献出潮汐，沙滩与河床
我们得以融为一体
注定湍急又缓冲，撕裂又缝合

月河中的女神（组诗）

黑　马

月河：为你弯下腰身的才是爱情

爱你！有人虚拟成大海的名义。

而我只给予肩膀的依靠。

温柔就是力量，烈日不抵曙光。远山与过客，潮汐与灯塔，为你弯下腰身的才是爱情

策马春风的少年，在奔跑的群山中间吹笛。

让流水引领我们奔赴明天，如同体温、呼吸和心跳。爱情难能清醒！爱情俯身、战栗、醉生梦死。

有着火山般的梦想……

月河之上，是自由的跳舞的月亮！

篱笆无法围困白鹅，内心的大海多么辽阔。七里路的桃花困住了造访者的双眸。如果天空要下雨，那是爱情在追问，是一连串的省略号……

所有的事物，都无法抵挡秋天。

九月辞别悲鸣。升腾的云朵，甜蜜的忧伤，剥离了时间。

——好时光，就是在一起幸福地破碎。

有一个女子从远方赶来，她是小天使。

那时天空有静止的蓝。从头顶滴落的月光，到她清澈的眼眸。水仙的手指，到她薄荷的发香，水蛇的细腰。

她甘愿为一首诗流浪，她低垂的翅膀。

借着月光，呈现出超凡脱俗之感，那些田野中细碎的嗓音，那些前世的云朵。

在月河，秋末的黄昏下，花喜鹊在故乡的枝头自信地鸣啼。

月河：我永远的美丽乡愁

远眺澄明的宁静。

你的舞蹈是另一种身体的语言，在秋天的怀想中，在风暴的中心，在世界上最小的信念里，甜蜜而柔情地旋转……

风的时间。

金色的秋天，身体里的琴声，缠绕着鸟鸣。一切让人晕眩，又恍如时光倒流，仿佛云层里裹挟的幸福的闪电。

——那些遥远的梦境，尘埃，和未来。

想象在萃取！这时间里的盐在结晶……

让我们陶醉不已的钟声，随稻花一路黄去，张开双臂，承接虚无的光芒。把秘密写在树叶上交给河流。

所有的星宿都在期待明月，一列火车低吼着。

像磁性的男低音，穿过尘封的岁月。思念的火把，心灵在歌唱，到处是月光的柔波，战栗中的美。

——归来吧，思乡者！皲裂的曲谱，被夜晚的闪电拉满了归乡的弓箭。

——这黎明中的青铜。

闪现，爱情古老的遗址。

时光的倒影中，嫣然一笑的是晚霞。你托着月亮的袍子，在修远之间，马，陷在青铜里，不能自拔。

深一脚，浅一脚，那是月河，在人间起伏的歌。

月河中的女神

炊烟暖了。

女神！我身体里的小野兽在起义！

你是我掌心的绿洲。

如果温柔能让一把刀变软，软成一条绵绵不息的河流。

十厘米，是不是恋人的距离。两座孤独的城，让人生有了永不消逝的电波。

这注定是一场精神的大雪，仰望，也触摸不到的星辰嘹亮。

古老的月光啊，你像一盏老式的台灯，等着黄昏。

那一段青葱苦涩的时光来临。你在等谁？那个采茶的女子指间弹奏时光，那些新茶注定要摘给心上人喝才算美。

想到这里，你的脸上像是染红了的彤云。你站起身来，风吹着你的蓝头巾，风吹着你的连衣裙——有着震慑人心的美。我要看着你，从前到后，从早到晚。

我多想像山下的阿哥那样，背着鲜亮的背篓。

为爱，送一封十万火急的鸡毛信给你。

流云淡淡，像是被风吹散的翎羽。把山路当作琴键，你走过的脚步声，将在幽兰空谷里，回荡一生。

……爱如小小的风暴！

在你走后，世界留下诸多空白。在时间和空间的交织中，那些暧昧的笑意，在天上飞，那些深深的疲惫和孤单。

在月河宁静的黄昏里，一次次练习松弛。

花朵开成彤云，你嫣然一笑，久久让人不能释怀。

兰草的韵律，梦幻的影像，啊！霞光，已是明月照耀大地——一滴水，就可以将我带入空旷——那些细绵的，巨大的遥远的回响。

春雷似雪，亲爱的。

这月河的一切，正如你所愿。

第九届

"月河·月老杯" 爱情诗大赛

月河有爱（组诗）

燕南飞

一

弯月守城。它是每个人的念想，将一身孤独
在水中浣洗，心里装着河山的人
也装着他的爱人
寄你一页素笺，不着几字
却有着千钧思念

谁试图把一颗月亮捞起？
放在心上，纵有三千里知心的话儿
却无法投寄
几尾鱼儿，一下一下地戳
多么孤傲的月光啊
夜夜渐瘦，冷，我不会说

争渡

争渡
月色清照背影：空弹了三千小令
又错入了谁家门庭

月河有爱
一颗月亮破茧成蝶。我要去最幸福的那一声
乡愁里
等你。等一只鸟儿回到巢穴
等你叼回几瓣春秋

二

它把一个个名字安放在嘉兴的夜空。等它们一一落下
去几千载传说中脱胎换骨

敢问我的梁兄，十八里寻了几世爱人
在一条路上穷尽一生。唉
这蛙声
这虫语
一网一网都打不尽啊
夕阳西下

老树昏鸦

等到了今世，还在等你

要说爱

就爱到青丝变白。要说爱

就爱到月河的平仄里

哥哥

行不得也

今天的月色好空

我怕

你可要记好我的样子。不然

等到来世相遇

你就认不得我了

三

想和每一滴水声拥抱。思念，像一条月河

在你的身体里信马由缰

游走

走失的月亮，可以用来咀嚼，思索。你来

指挥我胸口里的千军万马吧

用它们的嘶吼声，将锁住的光阴一页一页打开

你的回答在一艘摇摆的小船之上

你的回答在一弯鱼钩之上

而我

被反复钓起。这欲罢不能的挣扎啊

念一片甲骨上失传的爱情

想一尾船桨下摇动的黄昏

在水中摇曳的样子

等一尾鱼儿咬紧它：等它读懂一张网的寂寞

等它读懂一条河流的传说

等它咬紧一只小钩子

在你的心里跳来跳去

月河之爱

就是一条鱼儿和一张大网的爱情

爱，就是情不自禁

就是自首

就是自投罗网

就是执手相顾无语

就是千里相隔，也念念不忘

你笑

笑我一网打不尽一条河流的水声

四

月河，是一根绳索，牵着一枕东风，一缕月光和我
相遇是一次沦陷，是一尾小鱼儿，游在眉宇间
而月光是一张大网
将整整一条月河的呢喃拖走

一个人的名字，就是一曲词牌：是凤求凰
是双飞燕
是如梦令
也是念奴娇
江山再大，也只用你的名字当作韵脚
月河再长，也量不完等你的良宵

此生只对一颗月亮敞开心事
天涯，就是一朵花怒放的样子
就是一颗月亮皎洁的样子
就是一声呼唤

我等你的脚步，将我捉走，直藏到暮年
每一天都是良辰吉日，可以饮马、耕田
然后牵着月河，隐入画卷中

每一盏灯火都惊慌失措，摇曳着春天的温度
听河水慢慢抚慰：爱，就是它泛滥的样子

目睹卑微，善良，以及小声梦语
你不知道一块石头与我镇守堤岸时的忐忑
你不知道一块石头，也长了一颗柔软的心

一条河流像婴儿一样啼哭，撒娇和成长
它喊一缕炊烟回家
草民手中，那是拴紧泥土的藤蔓
并耐心听它讲述，一张大网怎样
收走一河月光

怕它的肋骨受伤
怕一只鸟儿唤它的名字，悄悄流泪
哦，没有人知道月河独守空弦
等待过河的人，怎么就白了头
我会搂紧蛙声死死不放，等你来识破我的
本来面目
还能去木桥上垂钓春秋吗
这把刀削铁如泥，却斩不断三千弱水
而我也是一把刀子，茫然归鞘
睡在月河的怀抱中

一条河流从大地的伤口逃出来
告诉迟到者：我，在月河
等你
等到你的时候叫归隐

等不到你的时候叫天涯

五

用一整条月河的汹涌来爱你
爱我们在同一个路口迷路
相遇

爱被一条河流锁住余生
欸乃一声锁住一个我
欸乃一声锁住一个你

银奖▉▉

写给月河的十封情书（组诗）

王爱民

一

先用月亮，命名一条河，再用鹊桥牵线
铺开月河长长的信笺
用月亮上一棵桂树做笔
蘸着河水写，满河星星是滚烫的字和标点
乌篷船在水，蝴蝶在岸，纷纷为之传书
皓月见心明志

一河蓝天，用微澜倒叙，时有神来之笔
复述爱情的小流水账，更细描爱的真经真言
坐在向水的窗口，在满树叶子上给你写信
写着写着，就放下无数海角天涯
就长出腮和鳞片
写月河的人，内心灯火通明，满眼星光灿烂
写月河的信，有回声之美，泪水涟涟

二

在月河，我的情书与众不同
鸟鸣是一句，蝉鸣是一句
蛐蛐叫是心跳的一句
月光如一丝丝藤蔓，爬上你的窗口
河湾如臂弯，到此先温柔，水草埋下了伏笔
红灯笼打开了唇上的一点甜，只在有情人的心里酿蜜
像两条鱼寻找源头，像两只蝌蚪寻找春天

跟一个个字较劲，打磨出萤火虫的光
两个字挨着，爱着，两个字在此转世重生
打开多少蝴蝶和蜜蜂的好爱情

三

围月河的水转，我们就是最深情的水
从朝东埭到最乐亭，从北丽桥到中基路
一弯月亮慢慢打开，月河今晚的月，适合明喻
像一个圆满的大句号

一颗心挂在天上，星星养在水里

你和我，只隔了两座桥、一颗月亮的距离

只隔十个古代的距离

今晚你离地球最近，今晚我离你最近

最近的距离有最多的爱，爱如潮水啊

滴滴都是被我喊了无数遍，写过无数次的

第二人称的你。这空前绝后的白纸黑字

将看哭全人类。你不来，我不敢老去啊

四

写到水缓处，有一潭名白龙

潭中有月，你中有我，微风送回来一轮秋波

学绣塔下，一抹青草冒出你的发间

花朵一低头，内心的风声很慢

草丛里的两朵蘑菇吻薄了嘴唇，交换心中的伞

月河是踏花的鞋子，迷住心窍的鞋

被花香一路追赶

睫毛下小小的风，互相吹动

乌篷船是一滴滴渐渐晕开传世的墨点

五

把笔伸入水中作桨，派遣所用动词形容词

捞取春江月色。善咬文嚼字的古旧牌匾楹联

也共鸣

引为知音，一遍遍读湿了流水，走平水韵

我不去看天上月亮，我把

你趴在窗户看月亮的脸，看成了月亮，一会儿

月亮就是一顶凉帽，从纸上缓缓升起

挂在屋檐

六

如果有一场雨下在月河，黛瓦的头又黑一遍

水和水在雨巷里相遇

五瓣丁香一样的微笑再开一遍

油纸伞上的热泪顿时纷飞

会激起幸福的水花

在信纸上腾起激情的云烟

新雨分我一杯羹——这水瓶座的爱情

重圆也美，离别的心碎也美

一座座小桥刚下眉头

就随桨声灯影进入弯弯的柔肠

七

月亮，在月河保持湿润
三千河水紧扣诗眼，把爱情的词语一一唤醒
今晚，把月亮送给你当口红
会有玫瑰月饼的香味。星星在耳边，像耳语
河流淌得不紧不慢，亲爱的
因为有你，一条月河怎么流淌都好看

天空赐予的星星，在水中，它那么小，又那么大
像你的小酒窝，像小酒窝里开心的笑

八

一条河将用尽我们的一生
写满荷叶，都是许仙送给白娘子的伞
怀中莲子都是你们的孩子，也是我们的孩子

你坐在河边，看水中月，是一首词的下半阕
看月亮的人，更像一个上岸的月亮
水有三叠，月有三味。月河无边荡漾
穿过桥洞大的针眼，悄悄拐入爱情的掌纹线
情长纸短

九

我的爱，有你的日子，地上的霜细小
你的笑声细小，接近月河的颜色
小桥流水，小明月悄悄过墙去

爱在纸上，也写在月河的三生石上
花朵里曲曲折折的小巷
有依依惜别的十八相送
在纸上完成的一场艳遇，字里行间有暗香盈袖
风吹过白玉兰，风也白了，黛瓦的墙也白了
一封信也白了，白头偕老的白。河水忽有所悟

十

放你的手，在我手。月亮是月河的
也必须是你我的
我喊她，就是喊你，喊疼你，写你昵称的纸，也疼
写亮笔尖上的金，写疼针尖上的蜜

花朵落在肩头，侧影也是半个美人
乌篷船点破流水，点睛幸福
此信不适于大声朗读，只深埋心底

凤求凰（组诗）

孟甲龙

瘦词：与爱相关

你离开时的背影，足以使我认输
不断纠错，归于平静的初心
仍在眷顾江南故事与传说，姑娘以降临的方式
抵达，不曾抱怨水太清澈

追求，不需要太多倾诉
烦琐的语言，像一个得宠的孩子，具备
爱情所有的形状，让诗人
有了依靠
一纸风尘远远不够，迎接盛夏光年
除却被道破的天机，再也不会有陌生人
闯入水的防御层

尽管我与梦境萍水相逢

而彼此走散的地方，转身后即是天涯
十分接近此刻的表白，为渗进骨骼的相濡以沫
偿还相思的债

我的辽阔不值得炫耀，爱情化蝶的过程
没有丝毫犹豫，反而文弱书生
才是最不可忽略的暧昧
自带红尘锋芒，又将表白的语速
拿捏得恰到好处

撕扯：前世今生的命

你说月河是一场繁华，徒步与爱
都注定永无止境
你说凡间故事，深埋了无数海枯石烂的情诗
而我知道
唯一洁白无瑕的邂逅
依旧在撕扯男人的生活，是永恒的遗骸
更是前世今生的宿命

爱情的火焰在燃烧
被电解的河水，做了书生求婚的引子
在鱼群中顺时针行走
脱下私心，纵使面对一个女人的全部隐私

也欲说还休，任凭黄昏卷起夕阳
溶解了最后一场吻戏

雨季，江南投影于白纸
被文字宽恕，宠幸
彼时，断肠人在天涯，此时，花前月下
烟火味也成了多余
时间，空间
如一个隐晦的存在，在爱情漩涡的中央
骤然失效，完成短暂的轮回

你裸身证明爱情的深度
在加速超重的盛夏光年，允许星辰坠落花丛
寻找摆渡人，认领湛蓝色情诗

指引：凤求凰

三年前认识嘉兴，认识月河，认识爱情
如芒刺一般精致，如年纪一样成熟

你是记忆能触及的对象
微小于瞳孔的抒情文字，饱满而简单
刺在手绢，下弦月
用幽光堵住木船的路，你是吃斋念佛的女子

在嘉兴
也变得贪婪了，像一粒谷穗
使尘埃陷入情场

对我而言，月河是冥冥之中笃定的指引
很多年后，采薇人游身于田野
让南北游客，不再愧对春色

我用半个时辰认错，捻断那句
卡在喉咙的独白，多年后
你发来第一条消息：月河的水多了几分柔软
接近我们初见的糯，与绵

因为嘉兴，很多人看到了爱情的正面
缘分不再抽象，更如一座
极具画面感的城，让从八方来，往八方去的背影
有了退路，和耐性

月河：滋润人间，散养爱情

与其说读不懂爱情，不如说
读不懂月河

水是散装的诗，月河的水更甚

每一滴都可以谱成曲子
都是可用来倾诉的对象
日久生情也罢，一见钟情也罢
萍水相逢难掩红尘之心
给采兰赠芍的女子，些许羞涩
不至于唐突了
一卷浪漫的现代情诗

姻缘的防线被击穿，合，或者分
无疑是爱情的不同状态，起落皆有定数
解剖一座城的内涵，就需要化蝶而飞的传说
作为视线，为月河投放
所有的善，浅吻，与誓词

内心空白的人，是守不住嘉兴日出的
只有坚如磐石，韧如蒲苇
才能欣赏到日落时分，背对人间的
优雅的牵手

蝶恋：蜕变与真爱

蜕变，让某种单薄的奉献有了意境
来往月河皆为客，将一身虔诚暴晒在太阳底下
似乎石头也是诱惑

让每一次回归，都变成了陷阱
——姑娘如可口可乐
激活语言的味蕾，唇叶上全是暗示

爱情的节奏是缓慢的
像嘉兴一样稳重，静谧，修复了很多破碎的缘分
让两个人的呼吸恰如其分
酝酿岁月的缱绻

用一炷香祈求永恒的爱，过了十八岁
人生便不再叛逆，旅途磨平的棱角，在月河化作
求婚的姿态
有时很远，有时很近

用一句诗文超度一只蝴蝶
用一只蝴蝶温暖一段佳话
尽管我涉世不深，但爱情的漏洞早已痊愈

重归：嘉兴软化了步履

第二次认识嘉兴，才解开所有疑惑
凝聚的心定格在船舱
河水打湿相思的债，月亮挂在女孩的裙摆
如悄然绽放的夏天，只能用以深爱

既熟悉，又陌生

我在月河找寻掉落的谜底
红颜是红颜，知己是知己

所有生命都保持无辜的模样
烙印在木质桨声的涌动，最能替换喧嚣

安慰错过婚礼的女孩——
"你像一个孩子，一无所知地被人深深爱着"
你像一场梦，让隔岸对饮的酒客
动了凡心

不要惊醒梦中人，采莲女孩用素容
赢了人间，像一片
为爱舍身的荷叶，把自己暗恋的诗人，融入感动
在重逢之前
尽量保持完美舞姿

嘉兴丰盈了纯粹，月河漂白了年龄
我再次归来，像个抄近道回家的孩子
迫切想看到你
用泪水填满，一直盈亏的爱情

在月河，让爱情得到永远的滋养（组诗）

郑安江

在月河，让爱情得到永远的滋养

与你一起，在月河边漫步
浸润着潺潺流韵，让汪在心田的那泓月光
将情感过滤得不染尘埃
透过你幽深的眼波，我看见
盘踞心底的那块石头，静静地浮现

时光不动声色地雕刻，将你我的容颜
交给河水收藏
皱纹是另一条河道，书写着命运的箴言
月河在拐弯的地方回头，看见沧桑深处
有一对蝴蝶飞舞

你对我粲然一笑的明媚，照亮了

青石长阶铺陈的寂静
让蒲鞋弄那声锈迹斑斑的轻叹
在一缕白兰花的芳香里
缓缓飘落

与你一起，浸润着月河的潺潺流韵
让心田上的爱恋，长成一株水生植物
被永远滋养

月河之爱

你说过，你爱河畔任意一间房子
屋檐低矮，可以随手把那盏月亮
挂在那里
我说过，我爱任意一扇窗户
探出头来张望，就能看见
你的眼神

你说过，你爱鱼骨似的小道
逶迤着那么陈旧的春秋，像一阕宋词
耐人品读
我说过，我爱小道上铺砌的青石
只要你想聆听，我就能从中翻找出
折叠的韵脚

你说过，你爱落在河面的繁星与灯影
胜于诗画的梦境，近在咫尺
弯腰就能掬起一朵朵诱惑
我说过，我爱河水里不会枯涸的那一滴
为你收藏辽阔的江山

在月河，你的爱很大很大
很多很多
我的爱很小很小
很少很少

坐在月河边，你我或将老成石头

闲暇之余，你我习惯坐在月河边谛听流水的抒情曲
从心头漫过谛听月光深了，浅了；浅了，又深了
你我像两条把身体留在岸上的鱼游得很远，很远

你我并不奢求抵达天涯。在一阕宋词里
你我是两个用月光写下的词，紧密关联
是一滴河水的通透，清澈见底
你我都愿意接受对方，成为彼此
盘踞心底的那块石头

你我就此成为怀抱明月的人
在二胡的琴弦上，让月河汩汩倾诉
让大地和天空深陷沉醉
而你我，一直依偎着，默不作声

坐在月河边，你我或将老成石头
老成传说里的美丽，遥不可及

在月河，你我互诉的衷肠被生动临写

你邀我在临河的酒肆里小酌，杯盏中
斟满了清冽的月光
轻音乐环绕着杯沿旋转
你我持杯的手，把夜色轻轻晃动
层层叠叠的波澜，向远处荡漾

那时，风雨已经消弭
穿过彩虹的你我，经过在尘世投石问路
一朵白兰花的指向，让天空腾出瓦蓝
供你我栽植心愿
而你我是没长翅膀的鱼，只能在月河里
比翼双飞

你我一番番路过花开花落的风景

也一次次遭逢闷雷的离间
好在你我早已熟悉那些不怀好意的风声
借助一脉流水，洗清了
尚无致命内伤的自己

你我把情感酿进了月光，再由一只杯盏倾出
化为涓涓细流
在临河的酒肆，在月河，你我互诉的衷肠
被生动地临写，逶迤成一卷流动的长轴

月河见证：你我相爱是两滴水的融合

月河见证了：你我的相爱
是两滴水的融合
是两滴曾经陌生的水，经过激荡与碰撞
一起飞溅起来
携手穿过苍茫与坎坷，在平缓下来之后
彼此相互映照

你我倾心同一支旋律，被它感染和打动
捧出内心茂盛的光泽
润饰对方的生命，让自己
由此得到了升华

月河见证了：你我的相爱

是两滴水的融合

是两滴晶莹的水，干净的水

你我怀抱星空与梦境，在河流中走动

偶尔，也会在闪电和暴雨中放慢脚步

记起白兰花的芳香，是治愈内伤的

一贴良药

月河见证了：你我的相爱

是两滴水的融合

我是你的影子，你是我的灵魂

你我都活在月河的流淌中

月河之恋（组诗）

赵　俊

邂逅之春

在某个午后，用月河波光里

潋滟的水粉挑染出彩虹的天际

鬓间的汗珠逗留在蜻蜓的视野

正像裙袂找到了眼睛喜悦的注脚

这是江南所有爱情故事的开端

它带着古典早已疲软的锋芒

你的浅笑开裂在桥沿之上

那无数次的回眸刺进生命的孤岛

假寐的孤独一旦被唤醒

诗性的翅膀就要滑翔进你荒芜的田园

当我们在临河的茶楼里安放疲倦之躯

窗外的飞絮正偷听那不会变老的情话

热恋之夏

在这个时节，黄昏中的序曲总是喧响
燠热带来的盐渍涂抹在相遇时分
为爱带来小小的、可以愈合的创口
争吵的河畔，也充溢着甜蜜的试剂

你将自我放逐在月河爱的围场
在恍惚中狩猎着我热切的等待
如果雨及时扑打在入夜后的水面
爱熄灭的暴戾将收回它的敕令

我们时常在一杯冰镇啤酒中逗留
那杯沿传递着冷静的、变缓的节奏
在月光中你谈到关于未来的谱系
在那每一个音符里都捆绑着我们的名字

离别之秋

桂花永远不会忘记被打湿的宿命
就像离别的纹理镌刻着我们的手掌
在爱情线里，它注定无法逃脱
这发轫于《诗经》的情愫在金秋发酵

这离别的伴娘永远是你晶莹的泪珠
它在试炼着月河爱的中枢神经
在这里，她是爱永恒的见证
那些雷同、盗版的情节已成为麻醉剂

可这一次，她仍然动用忧伤的晚脸
映照你在她的镜面中消失的笑靥
你的美值得她这样的破例
所有的旁观者都原谅着特权主义

思念之冬

南国的冬日已冷到需要温热的程度
一壶寄来的女儿红正等待开启封印
这香樟的近邻，仍在完善着体液
却要提前加入红糖和姜丝的狂欢

你的相片不需要借助现代快递的臂力
它仍会在我的旁侧温暖江南发凉的记忆
当这月河边定格的倩影入侵平凡的日子
这杯入喉的酒将加深它香醇的表达

我相片的背面题上一句早已默诵的诗
让它塑封在逃脱氧化的距离之中：

"当月河成为你爱的最后的箴言书，
一千公里的路途将消弭在守望之中。"

月河，一条浪漫的河（组诗）

穆桂荣

爱意荡漾

月河，是银河的一滴水
落地成河，又抱城如月，流淌着银河的波光
看！银河一荡漾，月河就涌起波澜
银河水澹澹，月河便飞花溅玉

古有许仙与白娘子的旷世之恋
梁山伯与祝英台羽化成蝶的生死恋
一幕幕刻骨铭心的爱令人难忘
而月河为天下人，建立情感的基地
流淌着太多的卿卿我我
江南烟雨，草长莺飞
河畔，情侣的成长郁郁葱葱

日月星辰点缀人间烟火，月河

如一位冰肌玉骨的佳人，河水
是她长长的秀发，裙摆如风
我有玲珑绣花针，我有丝线万缕
我绣江南风光好，我绣月河静水流深
绣古镇、一弯拱桥、中基路、狭弄
我还绣彼岸花含露，风情万种

月河是一条洒脱、婉转、悠长的爱河
从千百年前流淌而来，又远行千里
博大、包容、胸怀蓝天旖旎，心抱明月柔情
轻抚两岸悲喜。四季流转，白云翻动
河流风尘仆仆一路奔腾，纳春秋音色
花香鸟鸣、小楼夜曲，声声入怀

等你在河畔

月河，情人的梦乡，月老的故里
我心中的人儿，奔跑如白马，风华如歌
爱的滋润催开我心灵的万亩桃园。翻山越岭
穿街走巷，相约在月河。我们要在月河
栖息或歌唱，把阴天唱成艳阳高照
月缺唱成花好月圆，把人间唱成世外桃源

月河波光粼粼，那是我写在水中隐喻的诗句

等你来赏读或收藏，你是我永远的挂牵
月河的红莲盛开，雨润含香，那便是风餐露宿的我
当你经过时请伸手拉起我，我已饱满鲜亮，风姿绰约
请渡我到人生的彼岸桥头，流动的光阴，蛩吟细碎
吴侬软语开得正茂，岸边我独自徘徊，一点芳心乱

月河细浪对我说：爱是幸福的忧伤
只需足够的耐心，方能获得温馨永久
我流连在月河，不惊动水中的鱼，树上的鸟
我的疲惫，心酸早已被渔翁一网打尽
排浪将往事吞没。只等你划一叶扁舟轻轻地泊来
我便是你可一靠的浪漫港湾

河边我种了一棵"相思树"，花开有多艳
我们的爱就有多美。现在已果实累累
等你来共同摘个甜蜜的秋
在月河干净的水岸梳洗，照水方知
青丝已成华发，相思天涯路远

月河，打湿我遥望的罗裙
河水明亮，我背靠长宵，独坐苍茫
湿漉漉的心思挂在枝头，夜半薄雾袭来
将其化为一首朦胧的诗。细柳摇晃
灯影摇晃，星空摇晃。蛰居月河
从春到秋，甘愿虚度年华

月河，予我一生的爱

今日，欸乃的桨声告诉我
你从水路来，载一船思念，穿过千山万水
月老为我们抛出了红线，我伸手接住了这头
你轻轻一跃便接住了那头
我的诗化作片片彩霞，为你披挂盛装
小船儿就是我们的婚堂

入夜时分，灯火茂盛，月明如水
循着墨客诗意的跫音
坐进一家古色古香的酒店，看光阴沉淀的痕迹
有多少浓缩的历史隐藏在寻常的老巷之中
又有多少古风遗韵承载在白墙黛瓦之间

渔火忽明忽灭，歌声十里。爱我的人
朗月般的面容，眼波温柔
我们交杯换盏，将故事撰为
《诗经》里最美的篇章。一船佳话，一桥过往
富裕繁华的长街，一头是大爱叠加的月河
而另一头还是流水苍茫的月河

两颗火热的心相依偎
我是你的春光明媚，你是我的大地旖旎

春雨落在河水的琴弦上，清脆悦耳
月河流淌的美，浪花缱绻
流过《诗经》，流过梦境
我们欣喜在月河，倾尽一世柔情

第十届

“月河·月老杯”爱情诗大赛

在月河，奏响爱的慢板（组诗）

李玫瑰

我爱这缓慢

我爱这缓慢
尤其热爱同你在一起时
风连柳条都推不动的样子
墙壁从一百多年前开始，一直
白到了现在，瓦片抱着瓦片，从清代开始
便再没有分开。亲爱的
我爱这流水，自从嫁给河岸之后
便嫁岸随岸，便一直
这么温柔
这么好脾气
我爱此刻，当你的手找到我的手
整个古镇怔了三秒
月河突然涌起羞涩的波纹

秀水兜街的爱情片段

缓慢是对的，就像此刻
我和你肩并着肩
以闲云的速度
以鸳鸯的姿态，游荡在秀水兜街
慢工出细活，刻刀在雕刻一块木头时
把耐心也雕刻了进去
这精美的雕花窗棂，恍若
一场古典的爱情
质朴。温婉。让人想起月光般的雨丝
想起油纸伞下的眉目传情
想起烛光在西窗前亮着，想起
楼台上的海誓山盟……亲爱的
越是用旧的东西，越让人
回味无穷。我们就这样，以相同的时速
慢慢走回到古代
你用一个书生的咬文嚼字
将我们的目光打上一个死结

在坛弄的春光中漫步

桃花找到春天后，慢慢
涌起了绯红，蜜蜂找到花蕊时
吟唱出欢乐的嗡嗡声
我找到你的时候，坛弄的春天刚刚开始
天空比河面多情，以至于
我们的每一次交谈
都在我的心上，泛起蜜汁的涟漪
仿佛在琢磨一块爱的璞玉
我们一边前进
一边交换自己，我们相爱的每一秒
都成了绝版的山水
走得太快的人，无暇
体味这针脚绵密的画卷。亲爱的
我爱这春天的坛弄，爱它
把一条石板路铺得这么幽深
人生路只有那么长
我们何必走得太匆忙

缓慢的爱情

想到终有一天会走散
我就更加想把此刻放慢

慢到一百年过去了，翘角的飞檐
仍然不舍得飞离斗拱，慢到
渡船已驶离嘉禾水驿了
我们仍在原地卿卿我我
仿佛在逆时针行走
慢到皱纹早已爬上了门楣
你看我的眼神，仍在爱的保质期里
仍盛满了波光粼粼的柔情蜜意。亲爱的
我希望，每一天
我们都是彼此的桃花源
供爱休养生息
仿佛一个长长的慢镜头
当我们拥抱时，一轮蜜做的圆月
从月河的波心缓缓升起

两个人的乌篷船

仿佛一尾游鱼
乌篷船迈着从容的步态
缓缓划过月河的河面。我们坐在船的中央
你伸手指引我
看盛装的灯火在窃窃私语
看屋檐紧挨着屋檐，在心无旁骛地约会
夜色里有船桨划不开的甜蜜

两岸的风景如此迷人，只有慢下来
才能看得分明
千年修得此生同船，亲爱的
此生即是此刻
我轻倚着你的肩头，你的手
轻揽着我的腰身，我们挨得那么近
仿佛一朵并蒂莲刚刚出生
月亮那么饱满，那么皎洁
仿佛我们共用着的一颗心

月河，四月来信（组章）

孙小藤

一

谷雨。

风向东南，阳光开得热烈而又抒情。

早已习惯了月河自西向东，贯穿一座城池半透明的鱼骨。

一封信过平原、湛水、江南，一路辗转。

抵达。属于四月的绿，把追赶鳞浪的云吹软，素绘水面浮起鱼群闪着银光的意象。

油菜花坐在距离水岸不远，轻摇枝上的阳光，一幅画陷入巨大静谧的时候，谁都不忍触碰，担心一滴鸟鸣会挑破枯枝牙疼的根源。

鸟巢在上，沉默在下，比桃花还要茂密的相思，瘦成一缕期盼等你在渡口。

为你喃喃自语或是老实交代，四月里的清风二两，杯子里的月光不值三钱，只想坐在月河边读一朵玉兰花的柔情。

天空蓝得无可救药，就像对你没有解药的思念，被饿瘦的目光连根服下，我无意拓展疆域，只想握着一米阳光与你厮守。

光阴里的故事，手书拥抱，深吻，缠绵，像两朵十指相扣的蝶。

——在人间相亲相爱。

二

春日。月河。

风还像去年那样细细地吹着，草木自觉简化时间更新的顺序，遇见像月河一样说着软语的白鹭，或者看绿的斑鸠，会变脸的海棠树，有勇气把自己交给雨水的石头——

我记得，那年午后，坐在电车后座的我说着比春风还要软的情话，月河北岸，一起爱上了草木，爱上每一片叶子上的星空。

月河来信。

我还记得，上一封信写在谷雨之前，字里行间都是梧桐花甜丝丝的味道，我私底下把一朵花的居住证给了梧桐巷，梧桐花挨着梧桐花，不给春天留一道闪电的缝隙。

沐浴阳光，蹲在斜坡的大花金鸡菊，用熬制好的晨露滋润自己的小日子。

就像你说的，这平凡的草本植物，活出自己的模样真好，至于枝叶美丽，豢养的七只蜜蜂会告诉我生活甜蜜的来源。

纸上留白，一朵花的春秋，去了田间地头，巷子南湖，点缀臂弯里一层金色软缎的春天。

走在水岸，四月来信，像从书本里飞出的两只蝴蝶，我们都成了春天月河的一部分。

三

我和你，其实距离不远，也就隔着一层柳风的四月。

白鹭洲的花都来了，可你偏偏开在我的心上，八万亩春色抵不过三千缕相思，亲爱的人哦，去南宋的那场雨是不是已经埋下了伏笔。

渡口凝望，与你擦肩而过的胭脂小马，不是一阕词的忧伤，那是我欲言又止的相思，想把这纸短情长的愁肠百转，用你的柔情化解。

读你的叮咛，像那封四月来信，才如梦方醒，为何我的静修，遇上你就失去了八百年的定力。

早习惯了你的温柔，也许你倔强的眉头只为一个人

似水柔情，过多的忧伤都被你惊艳的花开劝回人间。

平凡，其实认命了吧，有一种人生叫保守疗法，有一种理念叫鱼跃后的风平浪静，就像你要绽放，恰好有一场盛大阳光，你想盗悬崖上的仙草，刚好有右手为你签下生死契约。

多出来的忠告都显得多余，在春日来去的路上，那么多恨人的蒺藜。

亲人哦，请放手那年受了惊吓的词，星星还在，经年的路上，我就是为你扶正忧伤的那个人。

四

隔着九十九条河，我在落凫山下想你，想海棠花怀里的执念，是怎样如春风一样把我融化的那个夜晚。

距离月河那么近，洗月的水，鳞浪闪闪，清风淘出三两枚漏网的星星，夜结伴同行，与春虫互为好友，标注各自的清欢。

冥冥之中，拐进春夜，越走越深的草径是声音的江湖，远道而来的忧伤，暂时无法细分音色，散养的萤火虫像神的宠物，更像月亮的银碗泛着幽蓝幽蓝的光芒。

夜深人静的时候想你，车来人往的时候也禁不住想你，一个人散步的时候想你，一群人喝酒的时候也想你，仿若你就在我身边，成了我身体里的一根肋骨，小心呵护着你，害怕弄丢了这人间里唯一的相思。

想必你也在月河旁想我，情不自禁地把月光下春虫的喊声误认为是对你的呢喃。

想必一个人孤独久了，渴望牵着一条河散步，有我陪着多好。

夜那么深，继续想你，像那条失眠的月河难以入睡。

五

真的该道晚安了。

满天星光正在与黄昏道别。

中基路像一个道具被遗弃在树的夜影里，而我更在意一只花鸟的睡眠质量，在意一朵云是否闭上眼躺在属于自己的天空。

查看了一下天气预报，晴间多云，没有雨，不会加重两地分居的叹息。

我在深夜写诗，写地里胆小的豌豆花，辟邪的夹竹桃，写这些毫无关联的草木，都住着一颗玲珑的心。

隔一条马路，我所迷恋的湛水没有任何流动，似乎被劫持，一言不发，思绪走走停停，甚至有些答非所问。

好在一个名字像一根纤细的藤，就像对一条河的思念，缠绵慰藉我难以入睡的相思。

月河情歌，一点也没老（组诗）

李庆华

卓伊，一到月河就想给你写信

月河柔软，像一张宣纸
卓伊，一到月河手就发痒
乌篷船磨好了墨汁，两岸灯笼的红袖
已添足了沉香。河面细碎的波光
闪烁着诱惑，等我

在河边，我像老农擦拭农具一般
精心打磨落满灰尘的文字，重新组装
散架的笔画，并上紧发条

就从雨中的双桥开始写起吧
让那柔滑的细腰，定下情书的基调
让风扶稳石榴树，好安放我起伏的心跳
我要选一些饱满的词语写你的前额和双臂

用青嫩的篆字写你眸里的秋波和双颊的酒窝
有些简化字不能达意，就用繁体
比如爱字，要把其中的心字加粗
我已学会用左手握笔，好让爱情与我一起转身
直到遇见年轻的时光……如果词穷了
轻轻放入"白头偕老""相敬如宾"的成语
写着写着，雨丝就浪漫起来了
河边的浪花也押上了我的平仄
任醉酒的汉字在宣纸上舞蹈

写完之后，我才回过头来写你的名字
写曾经的马尾松，单眼皮，也写中年的皱纹
略高的血压和骨头里的增生
白蝴蝶一开一合，想象是你着布裙
反复阅读这封情书，并用迷茫的目光缝补人间的悲欢

这铺满星光的月河，刚好够我写下这封情书
坐在码头上，想着怎样把这封信折叠成"心"字寄走
你却在故乡的小河边说，月河
已经成为血管里的一条支流，有着十八岁的春汛

月河，是一座爱情的隧道

水上一半，水下一半，我双手合十

就成了一条值得信赖的爱情隧道
分离是人间的渡口，拥抱是天上的码头
让我们回到从前，回到陌生
从黄昏走向黑夜，有微风吹起柳笛的黑夜
没有了距离、羞涩和恐惧

你依然是棉布的连衣裙，我还是那件的确良衬衫
我们还没来得及问起对方的名字
只是四目相对，就把这长长的隧道照亮

隧道有多长？我只愿意也只能丈量
其中的 13.14 米，它足够消耗我的一生
我想起在小学校的夜晚，煤油灯下的白纸也是一条隧道
你从那边写一句，我从这边回一句
只是谁也没有写下最后一句，就留下三十年的波浪
反复揉皱我的心

后来。有很多次雨夜散步，听花伞上雨珠的低吟
但总是忘不了挂在发尖的一滴
所有珍贵的东西都是免费的，所有免费的
又是容易流失的

今夜，隧道里的波浪是一根银丝
缝补着你的片言，我的只语
两朵重新绽放的浪花，一朵叫把盏一朵叫言欢

今夜，乌篷船无声地滑过，我主动交出了兵权
向月河妥协，妥协与月河的小小的气量
妥协与清澈见底的月光，让隧道的共振，回荡
我们初吻的涟漪

在月河，我寻找爱情的药方

好在月河的天空是一本经书，迷茫时可以翻阅
好在还有一匹河流的丝绸，失落时供我抚摸
好在还有弄堂里的炊烟一寸寸拔出我内心的痛
好在还有闪电为我包扎久治不愈的伤口

好在芦苇上的水鸟像一个词牌
好在站稳的莲叶能为水珠充电
好在柳荫搭在我的肩膀，像我的一个兄弟
好在岸上那粒最小的野草籽愿意做我的导师

好在河边的向日葵会替我守住灵魂的秘密
好在芭蕉叶上的雨滴充当了采诗官的木铎
好在有流萤愿意与我交换身份
好在洄游的鱼儿，它有小小的罗盘

好在每一穗稻子都是调好的竖琴

好在有三毛茶楼在夜晚传递尘世的温馨
好在你衣服里的暗香还储存着火苗

不需要讲出来的，还有立字为据的古训
不需要写下来的，还有蝴蝶的翅膀
不需要澄清的，那些细雨会挟裹而去
无法负重的，刚好有水牛驮着并放进杭嘉湖平原

好在可以与流星一起私奔
好在有我们共同命名的月河
好在还有惊鸿的影子在梦中的花枝上颤抖
好在有你面南背北，可以卸下甜蜜的负担

有些病，月河的药方也许治愈不了
好在还有月光伸出银色的丝线
为我把脉疗伤

月河有梦

月光中的月河正在融冰，像一个人
正在挣脱镣铐的声音

我靠在一棵树旁，像另一棵，虽然落叶
内心又有繁花初绽

远处的河流奇妙的弯曲，把桃花汛
又拉回来了，就在我的身边

月河继续融冰，我仿佛看见水中的菡萏
月河继续融冰，快要淹着我的小腿……

而你的窗前，蜡烛像一个灯塔
我的小船渐渐靠近了码头

在你微微倾斜的嘴唇边
我企图靠岸……

十月的月河

十月，月河侧了侧身子，为芦花让出一片领地——
拥挤的形成一座水泊。飞舞的开出一树梨花
更远的，化成一只只白鹭

在河边，我们等待流星鲜亮的面孔好奇的面孔
等待浪漫的芦花，在月河老街将我们的夜晚点亮
等待你舞起的闪电拉响我内心的春雷

漫步栈道，水鸟依然在求偶，没有惊恐也没有疑虑

一朵芦花是一朵梦游的星星
等待有一页白帆鼓起她的梦想
我们闻到了芦花慢慢绽放慢慢释放出金银花的气息

起风了，站在拱桥上，我想向芦花借点温暖
为大雁铺一条回家的路
让一对远道而来的情侣，摆好他们甜蜜的造型

我还要向芦花借点爱，让渐渐降温的河水再度泛滥
在芦苇的旋律中开始摇曳，让大雁再次舞出激情
希望夕阳下的杭嘉湖，有袅袅炊烟
覆盖我内心最柔软的部分

枫叶已经红遍，而芦花固执地白茫茫一片
白茫茫的芦花从芦管中抽出月河的笑声
也抽出与我频率一致的心跳
我无法在水面写下承诺
任长短不齐的诗歌，在河边以芙蓉的形式
吟唱波涛，吟唱鸟鸣，吟唱乡愁

我多么想也做一株芦苇，在月河的另一侧拉紧你的手
把水的爱情传递给芦花。把芦花的思念递给银河
在天空都变成自由的白云

月河　月光用爱管理人间

冯金彦

一

　　月在天上散步。

　　它专注地俯视人间，俯视月河，俯视人间的爱与恨。

　　所有从人间逃走的爱，包括一只蚂蚁的爱，一棵小草的爱，月都清点一下。

　　月用爱管理世界，月河用爱管理月河。

　　水声拍打着水声入眠。

二

　　夜是孤独的，一个人的夜晚是孤独的，一个人相思的夜晚也是孤独的。

　　无论幸福之人还是痛苦之人，需要服下一枚月亮，才能睡着。

　　此刻，所有的痛苦与幸福与夜晚无关，只与月亮有关。

　　与爱分离，就是把剩下的所有月亮，天上的月亮与心中的月亮，一次服下。

　　一朵浪花拥抱着一朵浪花。

三

　　把月亮掰成两半。

　　你保留半个，我保留半个。

　　世界太大，如果风把我们吹散了，如果下辈子，我们在人世间走丢了，彼此找不到对方。

　　把半个月亮，钉在各自的门上。

　　无论家在什么地方，人在什么地方，有了半个月亮，我们永远是对方的一件旧衣服。

　　斑斑驳驳的是灵魂的补丁。

四

　　月光之下。

　　把你插在我灵魂上所有的刀子，一把一把慢慢拔出来。

用河水擦干净，重新还给你。

语言的刀子，眼泪的刀子，伤痕的刀子。

此后，很长的一段路，需要你一个人走，孤独的一段路，寂寞的一段路。月光不在，鸟声也不在，我也不在。这些依旧锋利的刀子，是你的武器，足够你用来防身。

诺言是一把刀鞘。

五

爱不是和你要幸福，一个人的幸福，别人给不了。

别人能给的，都不是爱。

找一个人，只是想和她一起看看人间。

你在的地方，就是天堂。

你不在，天堂也是地狱。

如果你不在天堂，穿过怎样的峡谷，我也要去地狱找你，用月光做一双鞋子。

六

月亮瘦了，月亮胖了之后又瘦了。月亮瘦了之后又胖了，反反复复，仿佛月亮的变化是一件毫无意义的事。

毫无意义的事情有很多，比如一阵风的吹过，一朵

云的飘逸，都与爱无关。把所有没有意义的事情，一一剥离之后，人间仿佛是一个废墟。

我只是站在废墟上哭泣的一只鸟。

为得到的爱与失去的爱哭泣。

远处的爱河，也毫无意义地穿过一片相思的建筑。

七

月牙是月亮的相思，一个月只能使用一次。

死亡是我对你的相思，一生只能使用一次。

于是，我把死亡两个字分开，使用两次。

为你的爱，死一次。

为你的情，亡一次。

八

一个心中充满了爱的人，
眼中没有风景。

此去月河，只为寻爱（组诗）

刘 巧

爱如月河

爱如月河，抱城如抱恋人
水如相思，一缕悸动的风，就能让我彻夜无眠

微澜。沉静。等待——
我把内心起伏的爱，抽出寂静给月光
锻打痴情，绣金匾
怀揣月河浪花，按图索骥
星光誊写的地址，需用真心导航

爱，难寻；情，难守
月河用水做的誓言，一遍一遍拂去我
心上的微尘
我从唐诗里捧来火焰，从宋词中
捧来柔情，以此，想与心爱的人交换

不离不弃，生死相依

或，我做鱼，他做水
像月河爱着江南，痴痴地，傻傻地
爱着

这一生，值得付出的事，太少了
我把爱，浓缩成了我人生的全部
像祝英台的蝴蝶，白素贞的修行
月河见证，请银河收回我前世今生的默祷

像神仙等待降临人间

我要用内心的绿色接近你
皮肤的绿色
要用草木的感恩之心回应你
春天的等待和赞美

阳光落在薄薄的瓦片
鹊鸲饮下清凉的露珠
日子就这样明媚起来
省略无谓的语言，省略寂静和空

我要在鹊桥上绕着你

走上一圈又一圈
鸟鸣在月河，写下黄金与修辞
樱花刚落，清梦刚醒
青草绿满山坡
而你，刚抽出爱情的叶子

我喊你一声：相公
我们都在等待一场春风的到来
等待风细细地吹
像神仙等待降临人间

玫瑰盛开在月河边

山谷睡着了，湖水还醒着
花园睡着了，花朵还醒着
你，睡着了，但爱的心跳还醒着

我把玫瑰的花瓣粘在你的鼻翼
你在梦境中露出了笑脸

仿佛回到了我们的童真年月
我的头发上扎着蝴蝶结
你的手指上沾满了蓝墨水

玫瑰盛开在月河边

我们都还没有长大，不知道
爱情是一只蜜蜂，还是一朵鲜花

爱的宣言

先是蝴蝶为我戴上了戒指
然后是蜜蜂为我戴上了耳环
蜻蜓取来了金色的项链，系在我的脖子上
我知道，这一切，都是你精心的安排

在月河，月老牵线，万物慈悲
不急不缓的水流，让我们重新回到了
结婚的仪式上
再一次演练爱的宣言

结婚七年了，爱情已经成为
锅碗瓢盆进行曲的一部分
成了庸常生活的一个插曲
但两颗相爱的心，缠绕的姿势
没有变，践行诺言的步伐没有变
把爱情浓缩成亲情
让左手和右手成为爱的指挥手势
合奏出幸福大合唱的理想，没有变

月河宁静，月老不语

柴米油盐和举案齐眉，在爱情辞典里
有着同样恒久的光芒

让月河做我们的媒人

我想回到七年前，回到和你初见的那一刻
我依然会用痴情的眼睛看着你
直到把你眼中的露珠唤醒

你穿着的那一身古典的汉服
是我稿纸上的情话
你骑着那辆蓝色的单车，则把我的相思
载入了无边无际的蓝色海洋

让月河做我们的媒人
你娶我时，百花盛开，唢呐声声
我嫁给你时
笑意盈盈，美如灯盏

月河故意在嘉兴绕了一道又一道弯
然后，借牛郎星和织女星的星光
落在你的左眼，为天长
落在我的右眼，为地久

月河以爱度命（组诗）

英　伦

寄月河

想说的话像圈了一夜的马群，拥堵在
我词语的栅栏门口。它们鬃毛抖动
眼睛喷射饥饿的火星，都想第一个冲出来
在纸上原野，大口啃食我葳蕤的相思

毛笔太粗，钢笔太细，铅笔太轻巧
那就以指作笔，柔韧，耐磨
以肤作纸，以血当墨，不晕不渍，不易褪色
用心做鉴，用浓稠的思念和忧伤相拌，做印泥
以月河埭蜿蜒舒缓的结构布局
风格和笔势只学嘉兴城，既高低起伏，又错落有致
用木心的马车送达月河——
慢是抵御爱情流逝的唯一秘籍。为此
我要用一生来写，甚至永远都不敢呈现给你——

夏日盛满清凉溪水的瓦罐，最怕一双干渴的唇
毅然放弃一次畅快淋漓的痛饮
又怕一只沉溺成瘾的鱼，双鳍成翅，翩然飞去
看信时请别读出声来啊，月河！
适度的节制，爱情才能扎牢根须
你才能以更好看的样子，在我的梦中旁逸斜出
我的心才能像冬日坚守树梢的叶子
抵得住寒风摔打，经得起暖阳抚摸

再好的纸张也会受潮。晾晒时
请用一片树叶盖上我的署名——
放心吧，月河！没有人冒名向你求爱
更没有人能用我信中的誓言，征服你那颗
历越千年却未经世事的心

除了这封信，我再未送给月河什么
除了月河，无人能命我扼腕断笔

月河有寄

爱情是令我沉浸的毒蛊
怀揣解药的人正策马而来，又迟迟不至
就像最新鲜的月光总是在我入睡后
才落下来，你的信总是在午后抵达

但我依然等天黑掌灯后再拆
我习惯上半夜梦游，下半夜归家
黎明前用梦境把信封压住
用露水补足信中笔画模糊的部分
用枕头做模板，把月河的模样再拓印一遍

所有的感知都有两种结局
此刻最好不要下雨，特别是缠绵的那种
否则，即使躲在凉亭下，心
也会被一点点濡湿。更不要有骇人的闪电
我怕你信中的许诺，被瞬间点燃，腾起的火焰
烧毁天空。随之而来的雷声也不要太响
真怕你一声大咳，咯血的痴情
湿透大半个嘉兴

在想象的时间之树上，艰难地攀摘
你四月的花束。一瓣瓣含在嘴里，细细咀嚼
直到嚼出你骨头的味道，或者
默读一本光线之书，看一只杜鹃鸣叫着
在窗外飞过

知道等待是一切生命善良的表达
犹如季节更替，不需要理由
月河，为何我等你来信的时候，总是比等你
更难受？

礼物

除了写诗，雕刻是我唯一的手艺
写诗像做菜，必须离灶火近些，再近些
最好是让激情的火焰，灼疼眼睛
雕刻却要冷静理智，如冰上垂钓

送给你那么多诗了，月河
直想再送你一件雕刻做礼物
选来选去，我却迟迟决定不了材质和样式——
木头易燃，铁易锈，黄铜太俗
更令我拿不准的是，雕啥？
肖像太庸俗，花朵太艳丽，特别是玫瑰
那些刺更令我为你担心
要不就雕一篱笆蔷薇吧，谦逊，隐忍，不贪恋高处
或者雕一只衔泥的燕子，为了喂饱一窝
春天的孩子，尖细的小嘴累得发黄
雕只鱼鹰也行，飞着能看到月河的桅帆
落下来能有小鱼充饥
要不就雕一个桃子吧，又怕雕得青生了酸涩
熟过了倒腾胃和生活
还是送你一块石头毛坯吧
沉默，勇毅，忍耐，坚贞……
多像我们的爱情，我们一起走过的岁月

月河以爱度命

一只柔软的小手，从运河伸出来
轻抚嘉兴的脸颊。又像一阕爱情诗行
韵脚高于星辰，声调低于梦境
词语和平仄都封以爱的彩釉

一匹日夜奔跑蹄声悠远的马
阳光四季挥舞策打的鞭子
鸟鸣插满她的每一处关节
风像一列小火车，在两岸的轨道上跑过
一道安全网隔开深浅区，也隔开
鱼和水草的妄然之举
散步的人总有避开旧梦的路径
约会的人总能找到两个人坐下的石头
白天你看见分开站立的两棵树
夜晚却紧紧拥抱在了一起——
不必惊讶，那可能是灯光，薄雾，眼力所致
也可能就是真的。因为
月河从流淌之日起，就总有奇迹。比如
一个男人捞上一枚月亮，紧紧抱住说是他的
一个女人说她嫁给了河神，生儿育女

葡萄酒热烈红着，才有令人想象的甘美
摘桃子带一小节枝叶，才有不忍下口的决绝

月河从不用陡峭和裸露来赢得宠幸
凝视她，我的眼里就不由涌出泪水
我为她生命里有那么多温情而哭
这个本有金盆洗手银盆濯足命相的女子啊
却甘愿一生雪篷云棹，以爱度命

月河荷语

月河自然天成，宛若美的化身
除了嘉兴城的灯光和学绣塔的倒影
似乎再栽种什么都略显多余
但荷除外。远远望去
月河层峦叠翠，荷像一堆婀娜多姿的淑女
左手火把，右手灯盏
藏一剂苦口润心的古方，水火难侵
花期九死不悔，几千年靠一口仙气活着
却又从未离开过烟火人间
我是个单相思患者，头顶八月的骄阳赶来
却不能娶你回家——
我未生于水中，且一身尘埃
像一节有小心眼的藕，爱得自私
但我宁愿深藏淤泥之下，也要用尽毕生力气
把你举出水面，让你光鲜艳丽
过体面的日子。让更多的花朵嫉羡

甚至冬天，你老成一片枯杂之境
我也坚守初衷，看着你年年死而复生，返老还童

你如此隐忍的命里必然缺火
这完全是基于对你面相的猜度
其实你还是有火的，尽管微弱
它遍布你的皮肤、脚趾，和嘴唇
你眼睛和心尖尖上的，我最想舔舐
你额头上的，我一生也难以攒够采摘的勇气
你的火焰是自己点燃的，熄灭也是
神给你子嗣，也给了你心口疼
只有那一缕缕淡淡的清香
甘愿以低于仙境的身价，抵押给尘世

第十一届

"月河·月老杯"爱情诗大赛

梦中的月河（组诗）

秦菲菲

一

月河古镇上
沿着月河行走，就是最美的光阴
你在一声呼唤的尽头等我
等我用一条河流那么长的绳索
拖着彼此的只言片语，一路狂奔，送到天涯海角

像一朵花儿绽开，蘸着花蕊上的相思
蘸着梦中的微笑，蘸着月亮的情话
一饮而尽

爱，就是指尖上
轻轻弹出一夜渴望
就是流星的一声嘶吼那样惊心动魄
犹如此刻

你不想拥抱我
也要拥抱我。犹如此刻

我只想被你拥抱，像
两张陌生的脸庞，读出
熟悉的
容颜：鬓发白了，背影弯了
而我们，还在相遇的路上

二

那一尾月河，环抱着爱人的心。她只听了听河水的呜咽
就知道
那个失散几世的爱人，顺着一尾尾钟声
来月河古镇上寻我
你说的花朵，是我的微笑吗？
你说的微笑，是你亲手栽种的花朵吗？
一层一层涟漪，也是一次一次绽放
没有比月亮这只鸟巢更让人惦记的事物了
没有人比我更能听懂巢穴中
隐隐约约破壳的鸣叫

滴滴河水
映出它的香：我爱你不声不响
如同你爱我三生三世
就在这一颗落日圆寂的江山上
相遇了

月河的落日
见证了一场
花开
和相遇。月河的月光
见证了月老的悲悯

三

月河岸上月亮生
运河千里送客行

你说：最大的幸福就是彼此看月出月落
现在，这堤岸上的每一句经文，见证了彼此的半生
我愿意将最大的幸福叫作小幸福
愿意某一天
摘下树上小小的我
轻轻放在你手中

它没有名字。像
飘在月河上的一片叶子，晃啊，荡啊
缓缓游进你的梦里

四

我们的爱
就像月老惊醒的鸟鸣，被悬在指尖之上
轻轻点一点星辰和归途
等人来读，等人来听——

不管锈了多久的心
爱情这封情笺太长了
怎么读了一生，还是没舍得读完呢？
爱情这封情笺太长了
丈量了一辈子，还是没能量出一声爱
与另一声爱的距离

五

我喜欢小镇上，一个人等待另一个人
我喜欢小镇上，一个人遇见另一个人

我喜欢，一个人等待另一个人的甜蜜
我喜欢，一个人遇见另一个人，慢慢老去

爱
就是我轻轻喊你一声，你听到了
会轻轻地答应

爱
就是你听没听得到，答应不答应
我都爱

轻唤一声，就打开了：
让我们一起背负风雨寻找天涯吧
那里有割也割不尽的悄悄话
整夜整夜地盛开
整夜整夜地盛开啊

扫描月河二维码，写下纯爱诗行（组诗）

周维强

有美一人，清扬婉兮

若只如初见。你着古装，唱昆曲
脸波明，黛眉轻。月河之水化作一面铜镜
镜中的你，如临风的玉兰，望一眼
我就是那不忍离去的春风
再望一眼，即时化作痴情的春雨

说我是落魄的书生也好，说我是
不如意的举子也罢，为了能和你相见
我已顾不得打扮自己的妆容
眼中有你，心中有你
把你的容颜素描在宣纸上，把我对你的情思
写在诗行里，折纸成船
顺着月河的水流，向东，只要你能看见
我可以成为水中的游鱼，随你而去

是的，我已无药可救，我已中毒太深
只是在人群中，多看了你一眼
一眼即是一生，一生足以铭心刻骨
月亮做的药丸，只能解我的相思
不能解我的痴恋

如果说，痴恋是一道闪电
我希望，伫立月河之畔的你，就是那
回收闪电之人，一瞬足以让人心动
当心跳遇见心动，宛如平静水面下的激流
极力控制的是心情，按捺不住的是告白

月上柳梢头，人约黄昏后

亲爱的，让我好好看一看你的眼睛
被月光洗亮的眼神，可以装得下整条月河的浪花
目光带电，眉目传情，那个落魄的书生
已经重新拾起了书本，那个不如意的举子
已然有了继续重考的动力

亲爱的，让我好好看一看你的秀眉
左边一弯浅浅的新月，右边一弯深深的海峡
我乘一叶扁舟，从新月至海峡
用宋词回应你的散曲，爱，就是唱酬
在月河的清波中，我还可以把爱
解读成一缕春风，一抹细雨
一个撑着油纸伞，轻叩柴门的月下红娘

有没有一种温柔，独属于月河里的月光
置换天际的赞美，你站在月河桥上，看我时
我已经感受到了你身体颤抖时的悸动
秉烛长谈，红袖添香
你笑一下，清风明月送来鸟语花香
再笑一下，鸳鸯蝴蝶送来长情诗册

亲爱的，让我好好看一看你的容颜
宛如一朵玫瑰，绽放在爱情之树的枝头
恰似一行情诗，凝练在意象的间距
亲吻时，泪雨婆娑，拥抱时
就是抱城如月的月河，月是河，河如月
你是我，我如你掌心的水滴
是的，真正的爱情，可以分男女，不能分你我

始知相忆深

真正的爱情，不需要一把锁，锁牢
也不需要太多的誓言验证，只需要，让
月河的水流做月老，上游拉住君子的左手
下游牵住美人的右手

爱如酿酒。时间为药引，情思为食粮
攒够一生的付出，陪伴、相爱
说不完的情话就写在纸上
写不完的情书，就记在心里
在月河边，相守一生所需要的，既不是
金银首饰、亭台楼宇
也不是你侬我侬，醉酒的情话

平平淡淡，柴米油盐，有何不可
安安静静，朴素清闲，何曾不是人间天堂
水有水的命运，人有人的情怀
在爱的光芒照耀下
酿酒的过程，就是酒曲化苦为甜的过程

已经把月河的美景，种植在了内心
举案齐眉时，就多一些惦念
相敬如宾时，就多一份祝福
爱如花开，情如花落，花开花落的四季

月河的碧水，见证了两颗心终老的传奇

增添着龙凤呈祥的色彩

愿得一人心，白头不相离

在月河，我看见梁山伯和祝英台
脱下蝴蝶神话的外衣，择一隅而居，择一田
而种，云水间，写诗、作赋
书声朗朗中，素描、画画，令人艳羡的爱情
只是月河人家中普通的一个侧影
春风荡漾，水流慢慢靠近凡俗和比喻

在月河，董永和七仙女，成了
月河街区的代言人，开起的中药铺
专售疗治单相思的中药，一味复一味
病重的，只需加大剂量即可，幸福是可以复制的
爱情的长久秘诀是可以传授的
有月河的水，做调和剂，小城宁静
情爱永恒……

白蛇和许仙，从杭城而来，后羿和嫦娥
从天庭而来，居月河，依偎着、爱着
就找到了心上的温暖
一对又一对，多像两颗相爱的纽扣
在月河这件中式旗袍上

还有两只漂亮的花喜鹊，也在月河
安下了家，与神仙为邻，每一天都是情人节
与喜鹊为伴，每一天都是音乐节

看一看天上的月亮，那是爱的天涯
看一看月河里的月亮，那是情的海角
看一看眼前的佳人，相思如梦，可为浪漫姻缘

往月河里倒一杯月光（组诗）

施 云

往月河里倒一杯月光

往月河里倒一杯月光。抵达月河边的
那个晚上，这个等待了七年的愿望
终于如愿以偿。我又想起那件你曾
在河畔漂洗的衣裳。那件月光衣
依旧穿在你的身上，散发出另一道
柔光。月光白，总是把我的心底照亮
往月河里倒一杯月光，请别误解啊
我并非是要稀释月河水，恰恰是
像往爱的血脉里注入新的血液那样
注入储存了七年之久的相思，就像那时
我们总是适时地往照亮夜的灯盏里
添加油。在月光明媚之夜会在月光下
犹如此刻，静默地聆听月河水的吟哦
宛如在弹奏一曲爱的颂歌，并以

月河水的源远流长把更多的月光揽入
爱的怀抱，任七月流火的风吹拂
犹如无形之手的肆意抚摸。水的柔波
恰似心中扩散出的一道道爱的涟漪
以月河水的柔波温暖每一个人的心窝

月河的涟漪替我说出心底的秘密

月河的涟漪替我说出心底的秘密
沿岸的青瓦白墙借助春风的引擎
荡漾着月牙船上隐身的相思
也荡漾着沿岸而行每个人的惬意
把涟漪一同捞上岸，用来制成一张张
古代的纸，用来安慰隐身的词汇
而我改变了纸的用途，给它们
增加了骨骼，粘合成月牙状的灯笼
替春夜的月河举起灯盏，举起
只有月河可以倒映的小小的明媚
一座只有你可以独自享用的神秘灯塔
水还是出卖了我，关不上门的眼睛
比任何一座湖泊都要深邃地把我凝视
当月河的月光把水面贴在我的额头
像思想的帆立于月河的心尖，一场雨
越下越大，淋湿了我的执着

月河的涟漪却替我说出了心底的秘密

在月河的月光里

我想我们应该不会出现
在月河的月光里，叩响
时光磨得光滑的石板路的
反光，不会在石板的水中
烙印出深浅不一的脚印
不会遗失刻骨铭心的疼痛
像不会捡拾到月光的金币
应该会捡拾起来自刀刃的痛
那些反光的思念，一旦
落入月河，落入粼粼波光
在那绵软的温床上，每个梦
都会长出星星的眼睛
月亮的嘴巴。看见与说出
少了必不可少的耳朵
月河的样子，多了爱的含义
在月河的月光里，像爱
多出了可以临摹的模样
但我依然以岸的坚固，爱着
月河水一样温婉的你，爱着
一条缔造罗曼史的河流

月河是另一张脸谱

月河，是我思念的另一张
脸谱，月牙状的脸庞
白净，清晰，犹如一片
洁净的花瓣，牵引着
每一个月明之夜，牵引着
比月河更长的思域
当那一次邂逅，邂逅梦中
一个梦就是一次禁锢
在月河一样流淌的月光里
一炬火焰，从心海里
升腾成最近的比邻星
用闪烁，把凝望和思念
诉说。月河是另一张脸谱
是生命里的一剂药方
治疗着我们的爱与被爱

月河星夜

装满星云的夜空
一点儿也不空
被距离缩小的光斑
是我保存完好的

记忆，当我在夜里
逐一还原，让你
保持星光闪耀
我便找到了点种的
月河。种植情感的
水域，无疑
脚印是最丰满的种子
一路走来的我们
思绪里布满了星星
闪光的根系。那一夜
我们静谧如水
却无法注入凝望的
月河，用月河般的容器
收纳夜空，收纳
另一条潺潺的溪流
把异乡的星光带回故乡
种在云雾缭绕的山头
能长出一架天梯，专供
牛郎的梦想，攀爬

我不曾是

刘晓颐

更多时候我不是
月亮胴体，不是裂缝的微笑，不曾
与夜色调情
不是燃烧的石榴

更多时候我只是借助反光
灯罩的眨眼
或者翻译过的裸蓝
活成海的蓝皮肤
蓝心脏，渗血丝的薄平面到内核
隐秘地震颤，随盈随缺随涨潮
随大颗大颗落地时
会发出声响的野莓
侦探星光被掐熄的频率
野生的
质数锡箔纸

更多时候我没有诗意

不靠灵感写诗

坚于手艺与信仰但不贞于生活

惧忌茨维塔耶娃的爱情与颠沛却又

需要宇向的半首诗

偶数的星星被夜煮沸

（你将看出悖论）

更少时候或

偶尔，我是永恒的石头

抱着远远巨大于自己的命题

此消彼长但质能不变。亲爱的，你知道我

不曾是肉体

却又一直把介壳翻译成形上

我需要你用短破折号的静电

用影子梦到我

月河爱情书简（组章）

王　超

一

时光的旧址，慢慢浮出……

古镇因此而明亮，并露出古老的底片，一座座牌楼、明清的建筑，一草一木、一缕缕烟火，这朴素而鲜活的印迹，追随月河的脚步。

一枚石头，露出快乐的笑容，靠向旧时的街弄。

河道纵横交错，小巷迂回曲折，靠岸的桨橹触碰时光的鳞片。越韵吴风里不慎泄露，抵达江南秀水的乡愁。

而我们踏上时光之阶，找寻属于自己的爱情。

风雕刻昨日的波纹，水洗濯着烦忧……

一种剧情，慢慢湿濡，如醇香的美酒，飘散在月河古镇每一个角落。

记忆深处，那朵熟稔的桃花和未能说出的部分，就像多年前的光景。那古色古香是历史遗存的风骨，我捡拾斑驳的梦境。

月河袒露心声，因我们相爱，或重逢……

二

经学绣塔、经白龙潭，有一对艳丽的风筝，飘在蔚蓝的天空。

而时光，照进不同的镜头。经坛弄、"秀水兜"，经中基路老字号，世俗的繁华成为最有力的证据。

客人坐在驳船上，游子隐匿于江湖，人声鼎沸处，才是破除寂寞的良药。

那预热的叫卖声，也引出熟稔的乡语，背后是繁华的市井，琳琅满目。

微风穿隙而过，时光进进出出。"三河三街"交割如初，又在斯地描摹成繁华的格局，像一尾梦鱼穿梭在"吾爱"的人间。

这沿着人世环抱的河流，这战栗着随风摇摆的衣袂，唯见佳人流连，漫步或穿梭于商业街区。百年老店继续营生，商品云集、旧时风貌以及古色古香的历史风物，镌刻着月河别样风情。

而我总在热闹的缝隙处，窥见不同的斑驳，金鱼院、花鸟坊、民俗体验馆、"嘉禾水驿"、酒吧、茶楼……走走停停，我不停地寻觅着你的影踪。

只有慢下来，才能细品月河的风韵，并心无旁骛地

与众生相遇。

三

此刻，流水的反光，正映衬一段段精彩而绚丽的故事。

乌篷船，抻开历史的波纹，船娘唱起了"思君"，水弯曲，而雕琢意象，月河将一条唯美的线路，引渡为爱情。

或请温柔靠岸，翻开宿醉的江南，杨柳依依，像袅娜的女子，细碎的倒影，必须找到对应的人儿，去修补生活。

抑或你我之间这遗失的片段，都藏在这浮光掠影中。

或从桥上走过，素面相迎。桥下清水变绿，桥上人影倥偬，透明的，恍如隔世的初梦。而我在这架石拱桥上伫望，手抚青石灰砖，陷于时光里的温度。

抑或，穿越一座城池的骨骼，渡你、渡我。一滴水是透明的经卷，一段路是现实的修行。而我们相逢相识，在时间的褶皱里辗转，并怀揣一颗虔诚之心，感恩彼此。

且把时光抱紧，在月河里漫溯，人世的繁华与虚度，是你，也是我的。兑换彼此走过的日子是那些美丽旅程，像臻于唯美的月光。

四

是的，我不得不说那枚皎洁的月亮，是悬于爱的诗和远方。

"其水弯曲，抱城如月"，有美好的祝愿遗落人间，或豢养在有情人的眼眸，天上、地上两个"月亮"，是否代表着天人合一，心心相印？

月河静止时，就是一枚月光的镜子，跌宕时，曲水流觞。

而心爱的你，正在月光下彷徨，好看的侧颜与轻盈的步伐，伴着皎皎月华，已深深印在我的脑海。开启漫天的星火，岸芷汀兰，流水芳菲。

暂且放下凌乱的烟花，放下一杯酒中泛起的泡沫，唯有月光柔美，保持着爱的纯洁与生态，衬托出你灵魂的芳香。

而这天上的月亮，水中的月亮，月河与我们握手言和。或载着你我在季节里漫渡，直到月河的涟漪被月光抚慰，换取永不分离的讯息。

我想搬运全部的月光给你、给我，让月老见证我是最幸运的那个。如月光卷帙那些美好时辰，只有相爱的人，才能照见彼此的"月光"。

只有你来，获取幸福与圆满，收下这爱的浪花与誓言，完成彼此盛大的仪式。

五

是的，月老将红线悄悄系上，红线的两端，是你，是我……

传书的微信，也不抵那枚月亮，而"鸿雁"是豢养于心间的字词，爱情的距离正磨光地上的石板路，拐入另一个街巷。

有人在翻阅沧桑，有人买醉于红尘，抑或偶遇一滴翠绿的鸟鸣，看季节变换，花谢花开。

而所有的故事，都不抵你的真实与梦幻。

就像月河的潮汐与微澜，泛起好看的波纹。再偶遇一枝杜鹃啼血，两棵银杏纷纷，那弥散的蜂蝶，正告诉我们生活的蜜源。

此际，诗歌的火焰正点燃灯火阑珊，为你预定的船只，也悄悄靠岸。

或载着灯火通明，不夜与无眠，兑换与你相濡以沫的日子。用熬制好的烟火，熨帖那枚"月亮"，承诺忠贞不渝的爱情。

这心心相印的月河，镌刻着爱的箴言，并读出彼此的思念。

在月河，听爱的琴声与响板（组诗）

梁文奇

在月河畔倾听爱，或曲线的迸射之美

一

一条河弯成一条弓的时候，它愈加透明
注定被爱神眷顾，而你注定被它射中
化蝶者，用翅膀生发着热带雨林的风暴
爱上异类的，彼此同化，摧毁塔的牢笼
你不能不说啊，一条河流成一把大提琴时
邻水人家就听见了巴赫，听见了《春江花月夜》
而有一刻，你感觉一条河已流成一把银镰
它的锋利让你感觉到爱啊，饱含着痛的成分
可是它的到来你不能阻挡，像稻穗低下头
像瓜果的蒂啊！就要发出脆响……

二

你不能不说它是一把衡量爱的绝世尺规
流向诗与远方，也流向你的心

你发现，桥，乃是彩虹、此岸与彼岸的过渡段
它也呼应着我们内心的那一座，徒长，合拢

而廊棚，乃是一种深深的邀请
它在提示
"我恰是在你中认出了我啊"

三

毋庸置疑，一条河在被挖掘出来之前
那想象的河，必先在他的心头流上一程

而爱情啊！难道不与这河流异曲同工吗？
想想看，有谁不是带着自己的河流行走？

有谁不生出带蹼的脚？
当两条生命的河拧成一条，就捆住光阴与命运

你和相爱的人行走在月河
你将获得锁钥，获得银钥匙

金风与玉露的时刻

一

"从坚果中我们剥出时间，我们教它走路"
我说啊，我们从月河的波纹中获得激荡与不安
也获得奔赴时的裸露心与澄澈的要义
正如我们从那堤岸中获得无限仰仗与信赖

也从古老镇子里获得烟火与诗意栖居
不说隐喻，红灯笼本身是一个完整的词

你发现，在此时此地，你像一把琴被弹奏
像一个音符被纳入金色爱情的乐章

二

如何从叶尖儿上拾取风声与露水？
如何从古老屋瓦上读懂人间的沟沟壑壑？
如何从这江南的烟雨中读懂它的韵脚？
如何从这垄亩中体验它饱满而芬芳的收成？

你看，铁一样的菱角保持着古老的形状

菡萏建造它小小的庭院
而燕子在筑巢……
而你啊，你在寻找一面有温度的镜子

你将在它里面看见那让你动容的自己

三

"三河三街"。像一个短小精致的诗节
而你知道，它的时间与空间是多么丰盈与浩瀚
春秋笔法在这儿写下的手稿有迹可循……
唐宋遗风，在大地的皱褶中历久弥坚
种子的梦境，会随爱情来临再次破茧

爱情的生发地啊，她催化着万物
你看啊，"灰鹦在背叛，树木在放弃，智慧在延伸"
而爱情啊，正在为寻找它的人授予
"——手上的指环，以及脚上的铃铛"

在花鸟坊，定义爱情美学的时刻

一

像在古老的小钟表里穿越，你的心跳

像悬着的小小钟摆
你的时间为谁发出呢？你寻找爱情并遇见它——
你像鸟儿懂得彼此的喙和羽翼的意义
像蝴蝶和花朵有着某种与生俱来的默契

在花鸟坊，也许你会想起奥利弗的诗句
"你最终理解了，美是为了什么？"
你也会想到：在这自由的葱绿的小小王国里
宁静祥和：依旧有鸟鸣的银针在自我治愈
依然有花香在校正你的灵魂

二

你听，风信子带来蓝色的信息……
类似爱情杜鹃的尖叫，打开听见它的人耳朵的锁孔
玫瑰在制造丝绸与芒刺；百合的唢呐孤独且忧郁……
它在呼唤爱情
相信爱情的人，看见星空中悬挂着果子

获得爱情的人内心充满着甜
而他们知道种子与花朵同样可以信赖
亦如爱情的藤蔓它将攀爬过苦难与粗粝的界限
亦如满天星的语言，它将被捕获爱情的人
以诗的语言翻译成金黄色的蜜饯

三

"你从头到根了解一朵小花，你就了解了上帝与人"
而我说，你若了解了花粉与鸟鸣，你也了解了
爱情与善意。你看此刻月河绷紧它的弧度
猎户拉满弓，小熊与大熊都充满天真与赤诚
不能不说，这是属于爱情的时间

当一枚银币被河水清洗；当一把银刀裸露无遗
在暗中剪裁着尘世爱情那粗糙与盲目的毛边
你发现，这小小坐标系多么值得信赖啊
你知道，获得爱情的是听见鸟鸣中布满花粉的人
找到月河的人也找到了爱情的灯塔与驿站

第十二届

"月河·月老杯"爱情诗大赛

千年月河，一世情缘（组章）

胡巨勇

一

桥拱似弧，河依街走。

抱城如月，曲水流觞。

从中基路，到坛弄，秀水兜街由此向东。浪漫的步履，一走千年。

流水温柔的叙述，让一条河的指向，与明月互为倒影。

山山水水，皆为历程。

必有一茬鸟鸣，啼破江南拂晓。

必有一叶乌篷，犁开人间暮霭。

必有晨曲与夜歌交叠。粽香抒情。吴侬软语，系住的是亭台楼阁里的往事；美人靠，扶住的是渡口码头里靠岸的挚情柔骨。

红尘弱水三千。一条河的眼神，捧出爱永恒的辞典；

一条河的心跳，刷新相思、相恋、相爱的高度。

不说金风玉露难相逢。别问人世间情为何物。这里是爱的打卡地。

在这里，一颦一笑都是爱的断句，情的留白。

在这里，流年漫不经心，谁又擦肩而过。

最好的时光和爱情都在这里。

这里是月河。

原本是嘉兴的插图，却成了江南的封面。

这里是月河。

原本是旅行者的驿站，却成了红男绿女的朝圣地。

这里是月河。

原本是古典主义的爱河，却成了现代爱情的原乡。

二

是时候说出一条河的密示了。以爱的名义抵达或回归。余白，风生水起。河面还原的是摇摇晃晃的人间。

把爱情还给月河，把月河还给爱情。天上人间，月河为鉴。

只为遇见。

春在月河。流水渡人，渡舟，也渡春风十里。如果说一个人的月河，是春天的断章；那么，两个人的月河，就是春风笔锋间滂沱的巨幅诗篇。

夏来月河。相思的渡口望眼欲穿。想你时，顾盼的姿势自会绿肥红瘦；等你时，悱恻的模样，也自带水的柔情或恩光。

秋到月河。有月老指点迷津。红线牵引的是两个人共度一生的情缘，也是相识相恋的宿命。它注定有着古典的修辞，辽阔的守望，绝版的浪漫。

冬至月河。月河为素未谋面的人写下邂逅的话本。回眸的，都是一条河豢养的沦陷；对视的，都是一汪碧波恩赐的垂怜或招安。

所谓地久天长，无非是柳荫花丛里，一对翩翩舞的蝴蝶；无非是竹影掩映处，有情人续写的故事；无非是月河延绵的深情，

在一个人的眼神里植入另一个人返青的名字；在一个人的心窝中种下另一个人宿命的胎记。

可许你取走春天，春天无非是人间烟火；可许你取出心跳，心跳无非是彼此相思的病根。

在月河温婉的淬炼中，握住时间的恩宠。流水为爱押韵，光阴在日复一日中永恒。

三

天上银河，地上月河。在月河，与爱相遇，与情相知。

爱情繁衍的故事，代代相传。

爱在七夕，七夕的月河载满月光。

邂逅月河，水的柔情如你。

今夜，在今夜。亲爱的，如果有着祈愿中的相逢，让我说声爱你。

告白，是我救赎灵魂的选择。酝酿的情思，燃烧着我澎湃的衷肠。一半是火热，一半是滚烫。

请你用微笑开启心扉。请相信，世上所有的相遇，都是久别重逢。牵住彼此的手，那就是万语千言。让我们在喃喃细语中，以水的形象翻转起伏吧！

亲爱的，为了你，我动用了月河所有安放爱情的坐标。

桨声灯影，荡漾的是锦瑟和鸣；曲水流觞，徜徉的是相濡以沫。

亲爱的，只要有你，我的世界充满阳光雨露；只要你在，我的今世处处鸟语花香。

亲爱的，与你观云看水，做爱做的事。我就是这样爱你。

因为爱，我注定无所顾忌；因为爱，我必将一生相随。

四

刀枪入库，马放南山。

在月河，适合安放爱的归宿。此处应是天上也人间。

风水不在山川，一河月色济世。大道至简，煮人间烟火，与草木为伍。

天下熙攘，浮生若梦。所谓红袖添香，莫过于执子之手与子偕老。

人生无常，人有常。前世在今世之中，无形在有形之中。有情人终成眷属，你是我的世界，我是你的天下。

红尘如寄，月河见证誓约。一河微澜是你的江山，也是我的故国。

人世有情。私奔于月河的山水，心灵契约共赴的是余生。

红尘有爱。枕水而居的人，左手是幸福，右手还是幸福。

好想借一根火柴，向你表白（外两首）

林隐君

又是在七夕，又是在月河
女神都像你，小心思含着
红磷、玻璃粉和三硫化二锑组成的摩擦层
男孩都像介质
一种附属于火柴头，用以发火的亚磷

多少次，脚下的青石板，背靠的栏杆
都被视为了你精心设局的小心思
多少次，世间仿佛剩下了只此一日
再不摩擦起火
世界的心脏就会冷却，月老噤声，月河
通往咸涩的大海

你看，流星正穿过长三角地带的月河街区
长长的尾巴，是我蓄势拉起的弧线
有快乐的多巴胺和紧张的甲状腺、肾上腺激素

有阴谋家从骨缝里取出的引线
尘世浩渺，一刻不能等的
就是这人间的烟火，就是这难以具体描述的
两情相悦中蝶变的事物
等着你来具体，等着你来描述
等着你来蝶变——

譬如此刻亚磷和红磷终于迎来的碰撞
你说中基街有中基街的江南繁花
我说北丽桥有北丽桥缤纷的灵魂
此刻，我们是具象的，也是朦胧的
是弯曲如月的秀水，带出光源，修补了夜的黑
也是青藤绿色的心，搂紧了顽石低低的回声

我在嘉兴伐木

在嘉兴银色的圆盘上，我在伐木
劈开银河，用飞溅的星子打造良辰
用木屑的清香打造小舟
让月河变窄，延伸，径直铺到你的庭前

不需要竹篙，沿着上弦月驶过臂弯
就是下弦月，就是长日漫漫的岁月

我会带着关于我们这个世界的
荷月街的烟火和小巷中迂回曲折的情感，来迎你
我会带着积雨云来
留下雨，把街区洗亮，木屋洗净
留下云，做你的秋千

伐木声会起舞，途中会唤来很多埠头、廊道、石桥
他们都是我为你精心安排的
其心，都是木质的，会湿润，萌芽，长出葱绿
有时候我也会切开自己——你眼中的榆木疙瘩
它有着唱片的纹理
你的手指就是唱针，我的旋律是宇宙之波
只为你反射，只有你有权接收

如果有一天，我惊到了你的心跳，那一定是我
完成了伐木，开辟出了新的时空
看不见的天鹅会保持最美的仪态，迎我
它是羞涩的，是气息，是另一个深藏的你
有着占有我，且对你忠诚的双重身份

在月河过银婚

我们是带着风雨来的，是从穷途的日暮
按下云头来的
小河两岸，酒吧、埠头、拱桥、马头墙
撑起竹篙
我们从圆洞门走过，红灯笼是湿的

想起 25 年前，你说"一个人是生，两个人叫活
'生活'会成为我们最辽阔的水域"
多好啊，你柔和的声音，压住了所有鸥鹭的鸣叫
许多的梦，在组成一支强大的舰队

25 年过去了，物是人非，不见水手和船长
只有一江渔火，明明灭灭
你说："许出的愿，多半是打出的水漂
蹦蹦跳跳
越过狭弄、民居、雏菊、秋阳、黛瓦的水面……"

我说："不是水和瓦，刚和柔的交锋
是两颗心的碰撞，宇宙引来星辉的爆发
你看那月河，因为爱，等了我们 1700 年
怎么能辜负"

"那我们到底怎么了？"

"因为心有千结，所以要重新来月河洗心
重新来月河散结，固守本心"……

小甜蜜由耳廓抵达脏腑，我看见，宇宙苍穹
万物包容，星子并行不悖
"敌"字去了舌头，会成为"王"者，主玫瑰
惊雷顺从内心
会替"负"字去掉偏旁，成为"宝"，主珍爱

月色生出的柔软像张白纸，从短亭，铺向长路
从小溪水，铺向江海
生活历经柴米油盐，才叫沧桑
暴风雪换成银发，才能斧锯不进，刀劈不断
在岁月中美好，平凡中发光

花蜜与月色——月河，爱的卷轴（组诗）

风 荷

月河·冬

花覆茅檐，疏雨相过。

一

江南，月河，冬日
天地一片祥和，寂静大于喧哗
书院，茶楼，酒吧，飞檐，青石板，民间传说
拱桥，接过皎洁的月色，疏雨，像是古装
河的怀里，是木舟与云团
是两岸楼房连织成的
木质的抒情，流淌的爱在蔓延
"学绣塔在不远处，光阴沙沙地走动
一枝梅在河边吐蕊"
花香的漩涡，构筑起月河的晨昏，期盼一个人

在最重要的意境
和一页风流
相遇

二

十指轻扣的窗前，凝望河水，船在柳枝下穿行
古桥悠然，给人片刻恍惚
一枝梅，吐出山高水长的句式
以坚贞的姿态迎候
一寸寸增长，起伏的雪和连绵的灯火
你不来，诗不在
琴声喑哑，所有的陈设都是虚设

三

这宁静的河水，曾经历
狂风骤雨，苦难飘荡于身心，而此刻疏影横斜
新的秩序已重生，告别落魄和失意
河水向前流去，倒映出一幕幕
初来乍到，或久别重逢
回声延绵，不必担忧美和爱的遗失
漫步月河，俯身是梅花曲，仰首是白月光

月河·春

　　杏霭流玉，悠悠花香。

一

江南之春，从深深的睡梦中醒来
吐气，如兰。语言里的藤蔓垂挂在墙头
伸出圆润与绿意
发芽的季节，我需要握紧清晨
修改暮色，不停地仰头向上
才能接近你

二

我需要攀缘一场大雨，或者月光，上升
向无限的云朵里去
靠近你，如靠近先知
我需要日夜追赶，像夸父
竭尽我的青春，在诗歌垒筑成的爱的王国里
把脸迎向你，还有雪做的身姿
清澈，写在你的脸上
当你说出怀念，当天空唯独给我一碧万顷的蓝
我确定，我才是唯一

三

翻开月河这本书：所有的枝条都已准备好了
孕育的花朵，接受果实的洗礼
不用多辽阔，木头船
将安顿荷香，蛙鸣，泛光的河水
有时候凝神，能读到小虫子的喜悦
一首绝句在波光粼粼的河面
油纸伞，等风
徐徐吹来

月河·夏

　　流水今日，明月前身。

一

青绿，酥软地滑过眼眸
每一颗星，宛如信里的词汇
深藏迷人的隐喻
夏荷一再辨认，风从哪边吹来
迎着心的跳动，侧身
只为扶正一缕思念

二

听见没有，莲藕也在说话
由眉上到心尖，由锁骨到肺腑
说南湖的花香，说白龙潭的温度
帛上留字，唇轻轻触及一瓣渴盼
月色犹如大地的衣衫，香气来自绣球
你远来，足音叩过窗前
所有的恩怨便都松开了衣扣
黎明与黄昏被擦亮

三

月色，终究是民间的好
从前慢，我把毛茸茸的诗句挂上枝丫
花树与灯盏，静候爱的盛宴
举杯，你站在明亮中间
眼里荡起盈盈的水波，把一朵荷抚爱
像冰糖心，从苹果里走来
甜过舌尖

月河·秋

如月之曙，如气之秋。

一

此时，最为纯净，当秋风吹过
月河街的屋瓦，字号，桂树，游人……
宛如在窈窕的古代
那修竹丛丛，卷起绿色的涟漪
捧出虚心与高洁
那月晖脉脉，拥着蹁跹少年，花枝绰约里
闪烁着美德，最是人间好时节，在水一方
彩蝶翩翩地飞，游人聆听着歌声
浪花翻阅着诗行

二

此刻，指针落在七夕的钟面
涟漪越过夜色，山风缓缓潜入古镇
带来披挂着银光的人
河边的茶楼，古色古香的杯盏打量着
雕花窗的呼吸，昨日浮现
多年之后，你身体里的大海与星辰
再次向我倾斜，话语抽枝长叶

蓬勃出秋天的果园，多汁而新鲜
我愿是果盘里那颗怀旧的草莓
热切地吟哦和表白，我愿是那银桂的香气
洋溢着甘甜，洁白的裙袂迤逦出爱的十二时辰

三

一条河的微澜
在细细的水草尖，藏着琴瑟与锣鼓
宁静的爱人，越山涉水，奔赴一颗初心
花蜜与月色，完美接洽
一阕流水词里，你依然是前朝磨墨写字的书生
我依然是深闺里织锦绣花的小姐
被时间眷顾，金风与玉露
琴弦与玫瑰，迎来最美的华章，被月老垂青
天与地，我与你，携手写下
一条河的爱经

在月河，兼怀与虚度（组诗）

王志彦

一

春天的最后时刻。在月河，需要用一首诗说明一个细节。

两只相思鸟，从春雷中突然降临，在一棵七叶树的树冠上，重复着同样的口令。

白云般的自由，使旧枝回暖，让冬天的阴影渐渐失去重量。仿佛我们的爱情是生活的一个伏笔，令相思鸟的叫声，重新为眼前的岁月定义，也给爱情的底线再加一条河流，不至于在生活的迷宫中一塌糊涂而又偏离了自己。

这并不意味着对一个人的爱恋建立了新的秩序。或者，已臣服于当下光鲜甜蜜的局面。

身临其境的白玉兰，仅次于我的安静，无论开得多么热烈，在修辞的重力下，它们都会懂得沉默，并不轻率赞美。

爱情是时间的细节，甜蜜的过程中，不能有一刻出神。

二

面对月河，我的身体里有了爱的色彩。

既有别于蓝天与大海，也不同于织锦、壁画、瓷器、瓦当、画栋上的颜色。

我用温良的血液涵养它，给它以灵魂与维度，连同我的体温与恐惧。

时光深如起始，我不想赋予它浪漫的梦境，腐朽、深邃、不着边际……也不属于它，它只是一小部分的众生与万物，了然掌控不了黎明与绝望的尺度。

但，绝不给荒谬与邪恶供给一点水分与温度。暮色四合，春水掩映。那些时光的灰烬汹涌而来，我清晰听到它的腹语：

"胭脂用尽，有人困在其中，找不见出口。"

三

一条河流得到爱情的命名，像贞洁得到了牌坊的赋形，它自身的气息，让爱情复归于涵养。

滚动的胴体，使春风与新叶探出了深喉。我相信月河水承载的人间花冠，留给了更孤独的爱，像翻卷的浪花获得了爱的节奏，向自我的漩涡塌陷。

心中有爱，晴朗入怀。一条月河呈现的是一颗沸腾的孤独的灵魂，世界变亮了，隐约中闪烁着爱情的金星，鸟鸣抚慰着一朵在微风中绽放的丁香花。

"爱情是碰不碎的太阳。"

一颗孤星悬于月河之上，弹奏的河水打开了爱情的经卷，它蓝色的忧伤，一半倒灌在天空，一半渗透于鸟眸。

我不想说，爱有一个穹顶，你要长出孤独的骨骼，要有自己的栅栏，避开繁星中最鬼魅的一颗。

爱情与生活，只有一种念想的距离，当我们有勇气面对深浅不一的月河水，也就敢把一根根白发，铺垫到时光的泥泞之中。

四

月光下的对视，细雨中的牵手，突然之间，像词语与诗意忘情的相拥。

一路顺风的花开，有了柴米的气息，那渐次泛红的青枣，渲染着密集而柔软的绿意。

月河澄澈，淡化了时光的倦怠，风雨中打碎的期许，找到了隐秘之径。

沧桑里也有细小的幸福。浆果酥软，它越过落叶，

已触摸到最初的夙愿，这些生活中不可忽略的部分，穿越了尘埃，伴我们到达既定之远……

月河之歌

林郁青

不知身处的经纬度
不设防风雨的恣意入侵
我心已守望成一座岛
守望一分分一寸寸的湛蓝
彩幻成慢慢长长流的碧波
天地是怀抱
河鸟是自由翱翔的旅人
总在最陌生的河域
波逐最熟悉的往事

涨潮与退潮是一样景观
河水拍岸是一首重复又重复的温柔之歌
驾夜舟去探索你微笑的航线
航图未标记乡愁停泊的河湾
只有思念的阑珊灯火
和星辰遥远而稀微的泪光

要捕捉的不是鱼
不是海枯石烂的沧桑
而是漫无边际的诗情
炼化真情成一首诗
置入流浪的透明玻璃瓶
不知它要漂往何方
不知多少年后
有机会搁浅在你的河滩

月河有春夏秋冬轮回的演出
我总只扮演一个温暖的角色
眼中只看到月河的澄澈无波
和夕照辉映的美丽
只因为有你

月河又把我带进梦乡（组诗）

林明理

献给浮光跃金的北丽桥畔。

一

夜风又把我带进了
沿着月河畔的府城天堂——
那儿曾有舳舻相继的文人墨客
是黛树如画的水乡

在那迂回的街巷外
在那沉思的老城旁
风把每首曲谱剪成了细雨
轻拂我的脸，提着牵挂

而我是只爱唱歌的灰雀

从海峡飞向彼岸水驿，飞向
茶房和站船，临桥的兜街
也走进了我的梦乡

二

五月的古楼月色如水
多少个春秋已逝
而你——鬓角也出现了银色的光辉
唯坚贞爱情的传说，亘古不变

正像旧民居演绎了所有旧时事
让历史得以久长……
让我也能够向你献上寄语
以便记起重逢的泪水与欢喜的滋味

啊，月河，你是江南水乡的骄傲
当我静静地诵读你的时候
就听见你的回声响在运河上
恰似美丽之岛睡眠中的梦幻

后记：从"月河美地"到"爱情圣地"

京杭大运河流经嘉兴，犹如绵长无尽、连接天际的碧绿绸缎，轻柔地在嘉兴市市区转了个"如月之湾"，犹如一个巨大的聚宝盆。

不难想象，旧时的嘉兴，月河两岸，万家灯火，官舫贾船，穿梭不绝，是何等繁华景象。前些年，随着嘉兴城市的"东进南移"，老城区的月河历史街区逐渐衰落了。

十几年前，嘉兴市市委、市政府下决心对已经日渐破落的月河街区进行"修旧如旧"的改造，让其颇具江南风韵的历史底蕴和文化特色得到传承和保护，并以崭新的面貌呈现于世人面前。

但是，由于嘉兴主城区城市规模的不断扩大，购物消费环境的多样化，尤其年轻人热衷于网购，月河历史街区即便有得天独厚的环境优势，也很难出现贾商云集、人声鼎沸的景象。

2010年1月，我从余新镇镇长调任新嘉街道党工委书记。那时候，月河历史街区刚刚对外开放，修旧如旧的月河，似西塘如乌镇，是嘉兴百姓休闲溜达的好地方。月河历史街区显然是街道的一块宝，是街道经济未来可期的新的增长点。但是，由于没有很好地规划和宣传，月河还没有知名度和影响力，旅游业对街道经济的贡献十分有限。

为了提升月河人气，振兴街道经济，我主动和嘉兴市城投集团对接，结合月河历史街区特点，给月河历史街区明确了"休闲之街、古玩之都、爱情圣地"的定位，并以此开展有针对性的招商活动。同时，在浙江省内较早地以街道名义，创办了将"传统与时尚"融为一体的文化休闲刊物《月河·尚》，免费赠阅嘉兴市各大酒店、宾馆及年轻人消费的场所，对外宣传月河，着力打造成为年轻人向往的地方，让年轻人回归"老地方"。

结合月河的特点，策划以"月河·月老"为主题的爱情诗大赛，这一创意得到了时任嘉兴市南湖区作协主席、著名本土诗人晓弦（俞华良）的大力支持。

风景绮丽迷人的维罗纳是意大利最古老、最美丽的城市之一。这座写满仇恨和战争历史的小城曾一直被人们看作军事重镇、历史古城，直到莎士比亚的《罗密欧与朱丽叶》问世（维罗纳是罗密欧与朱丽叶的故乡），自然也就成为世界青年男女心中的爱情场所。

清代《读史方舆纪要》云："运河在城西……又东流十八里，经学绣塔。又东五里，经白龙潭。又转而北绕府城下，为月河。与秀水合……"谁敢说，这月河跟月老没有一丁点关系？同属于江南水乡，杭州有许仙和白素贞的人妖之恋，宁波有梁山伯和祝英台的化蝶之恋，月光下的江南月河，也一定上演过无数才子佳人的浪漫之恋，就像最早翻译《罗密欧与朱丽叶》的朱生豪与宋清如，月河必定是年轻人谈情说爱的一处"美地"。

2012 年 8 月 23 日，在中国传统的七夕节，首届"月河·月老杯"全国爱情诗大赛颁奖典礼在嘉兴月河畔隆重举行。活动得到中国诗歌学会和浙江省作家协会的大力支持，邀请到了舒婷、陈仲义、李小雨、沈泽宜、桂兴华、孙琴安、大卫等著名诗人。时任浙江省作家协会主席程蔚东、副主席袁敏、党组副书记兼秘书长郑晓林出席颁奖典礼。当晚，来自内蒙古自治区的著名诗人敕勒川摘得首届大赛的金奖，电影《廊桥遗梦》《追捕》《茜茜公主》的主配音、著名配音演员丁建华老师当场朗诵了金奖诗作《想你了，月河》。浙江省作家协会还授予月河历史街区"月河爱情诗创作基地"牌匾，并及时举办了有中国著名诗人和诗评家出席的、高规格的"江南·全国爱情诗论坛"，深入探讨爱情诗独有的魅力和对月河历史街区的广泛影响。

为进一步扩大月河历史街区的美誉度，嘉兴市南湖区联合中国台湾文艺协会组织了"海峡两岸"爱情诗大赛，在中国台湾天成大饭店举行月河大型诗歌朗诵会，逐步奠定月河作为爱情诗基地的基础，确立其在诗人心中的"爱情圣地"定位。

之后，又马不停蹄地连续举办了十届，每年都以"月河·月老"的名义，向海内外抛出爱情的"绣球"与"橄榄枝"，一直延续到今年七夕节，共在月河畔举行了第十二届"月河·月老杯"全国爱情诗大赛。十多年来，共收到来自海内外的爱情诗约 7 万首（章）。结合一年一度的颁奖，嘉兴市南湖区文旅局（区文联）还及时编辑出版了 10 本歌咏月河的爱情诗歌专著（专辑），这进一步加固了月河作为"爱情圣地"的地位。

一个街道、六任书记、十多年坚持，在嘉兴市、南湖区领导和嘉兴市城投集团的关心支持下，通过"月河·月老"，以爱情的名义，通过"爱情诗"这一载体，向海内外传递月河的盛情和美意，在全球华人中深度宣扬了月河。

十多年的时间，说短不短，说长不长。十多年的坚持很不容易，在这里我要感谢我的继任者们一任接一任的传承和接续，成就了"月河美地"到"爱情圣地"的华丽转身，也要感谢他们一任接一任地邀请我参与每一个"七夕"的爱情盛典。

十年可以做一个回顾和小结。回顾和小结是为了更好地面向未来。爱情是一个永恒的主题，期望月河的后来者们继续坚定前行，不断推陈出新，擦亮月河"爱情圣地"这张金名片。

（张建华，浙江省嘉兴市南湖区人大常委会副主任、黄亚洲影视文学园首届艺术委员会顾问）